读诗

暴雨之前

2020年 第二卷（总第41卷）

主编：潘洗尘

长江出版传媒
长江文艺出版社

图书在版编目（C I P）数据

读诗·暴雨之前 / 潘洗尘主编. -- 武汉 : 长江文艺出版社，2020.9
ISBN 978-7-5702-1691-8

Ⅰ. ①读… Ⅱ. ①潘… Ⅲ. ①诗集 – 中国—当代
Ⅳ. ①I227

中国版本图书馆CIP数据核字（2020）第127367号

责任编辑：谈 骁　　责任校对：毛 娟
封面设计：天问文化传播机构　　责任印制：邱 莉 王光兴

出版：长江出版传媒 长江文艺出版社
地址：武汉市雄楚大街268号　　邮编：430070
发行：长江文艺出版社
http://www.cjlap.com
印刷：哈尔滨经典印业有限公司

开本：720毫米×1020毫米　1/16　印张：13.25
版次：2020年9月第1版　　2020年9月第1次印刷
行数：6211行

定价：39.00元

穿越词语

V

目录

孤寂美丽的花园

万夏

第一首 黑暗是一朵玫瑰的灵魂

1

黑暗夤夜而来，头戴一朵菊花
我听见花园里有黑色的奥斯汀在歌唱

月食即将来临，满天的星斗闪闪竞耀，透明而冰凉
黑暗以虚幻的速度慢慢坠落下来，把夜空抛得越来越远

暗香一阵阵骚动，梅花埋在深深的墙角里，只等晚风一来
乃像糠秕，被风吹散

2

花园如此幽静，屏住了呼吸，倒数着剩下的三个字
黑夜仍在一片景色里月白风清，依旧夜雨对床
一味追求夜合花，只喜爱夜度娘

最深的夜晚，就躲在月食之夜的背面
最黑的黑暗，镶在一颗钻石的光辉里

3

黑暗没有阴影
黑暗太深太遥远
黑暗的边缘就是无边的黑暗

4

花园里的夜晚太完美了，黑暗就是一朵玫瑰的灵魂
黑暗就是一个人的骨头
是恶魔的翅膀下面一杯沉淀纯净的蒸馏水

朗夜的中心一片蔚黑
她最幽深的部分是一些含混不清的脸色和姿态
退得远远的，变成一个虚词，字母表里最单纯的那一个

马里布的海面上，一只埃及猫的步子细脆又薄弱
不小心滑下去，就要空虚掉一万年

5

机器的夜晚，人工智能的白昼
黑夜辽阔无际
黑夜的规模太大了，规模即正义

6

黑夜太黑了，黑暗只有一种颜色
斩首时蒙住眼睛的那条黑布
挖掉眼球的眼眶里灌进去一勺嗞嗞冒烟的沥青

骸骨山上的黑死病，红色就是死亡的胜利者
把夺来的新冠戴在头上

7

黑暗只有一种声音
一只放大了的瞳孔正在吹奏一支凄厉的小号
一个男人蜷缩在墙角里呜呜啜泣

透明的夜色里，一只白色的曼陀铃，一个女巫在弹奏

8

黑暗的重量，就是梦魇之人那张甩不掉的鬼脸
就是夜半钟声敲过之后，楼道上叽叽嘎嘎的脚步声
就是昨夜花园里的一场白雪，今早披挂在乌鸦的翅膀上

黑暗的重量，就是插进指甲的一枚缝衣针
就是把大海死死压在舱底下的那声没有喊出来的尖叫
黑暗的重量，只要光照不到的地方，就可以统统托在手心上

9

一缕阳光的重量
让一个季节坠落在秋蝉的翅膀下面慢慢变冷
一片月光的重量
让一支洞箫，把一个人的骨头吹进玫瑰

10

最轻的黑夜是一只空巢，丝丝白发打底
儿女们都双双飞走了，剩下他倒挂在天花板上
卖老，搬砖，前往火星，与整座花园一起吹灭蜡烛

怎样才可以把自己出让 30 天呢？
怎样串烤一只孔雀？在一间牢房里烹熟一只老虎？

11

黑暗，到一堵墙下为止

花园之夜，斧头已经放在了树根上
凡不结好果子的树就要砍下来
丢在火里统统烧掉

12

一朵玫瑰永不凋零，黑暗就会永恒
黑暗的心脏
就是在今夜的寒风中，还提在手上的那盏小橘灯
最黑的黑暗
是一个赤脚的盲童在雪地里面对荒山的高声歌唱
最黑的黑暗，一俟太阳落下
只给世界剩下了唯一的一杯酒

第二首 诗歌嘀嗒一秒钟

1

大雪落满了花园，在这个寒夜
我脱下半透明的塑料风衣，到一樽怪兽边坐下
一大堆抖音和光线，把一个女子推送进来
立着白玉的兔耳朵，端一杯桂花酒
斜挂在玻璃杯的另一边
她说她就是诗歌，从最黑的月食背面坠落

2

本来就没有黑暗，光明太软弱了
我拧亮了缺电的探照灯
花园里哔哒一声，天穹全亮了，星星升起来
丝柏上挂满了霓虹，乐章掀起高潮的时候
游戏的幕布从腰胯上突然掉了下来

3

她赫然傲立在桌子上，高高挺起全身，一丝不挂
黑夜太白太大太亮了，我简直不敢看她

我不敢闭上眼睛
闭上双眼的黑夜更加黑暗

4

玫瑰园的后门随后打开，我又看见一个妖姬的在酒杯里诞生了
手拿一把尺子，这个万物的阴影
面若满月，披着蓝色的阴雨，花瓣洒落

她凌空升起来，高举着大石头
向世界表达了一个坚定的意向

5

影子这样盛大，和诗歌绞在一起盘旋上升，在我的头顶嗡嗡作响
蜷曲的双腿缓缓舒张，绷直，喷射
露滴牡丹开，花的圆舞曲在她身体最幽暗的地方盛放
涂了口红的诗歌又反切进来
把她一丈高的影子委身在我的臂弯里

6

我又看见有门缓缓打开，初次听见了仿佛号角的声音
你对我说，来吧，到这里来吧
我立刻被感动了，看见花园中有个宝座安置在树下
有位身穿白衣的头上戴着金冠
空气里有碧玉和红宝石，又有彩虹围绕
花园漂浮在玻璃的海洋中，随即又陷入水晶球里

7

她对着一杯酒，转过头去
“我完全不喝啤酒，只喝茶
现在喝酒很克制，你要少喝，不然老得快”

我已经亲自确认了，一开始就有点怀疑
那场景和穿着不像是一场告别，不可能做出一个伤心的吻
在得知自己被感染后
我正努力把它传递给对方

8

从牡丹到绣球，从玫瑰园到没药园
诗歌对我念起了驱魔咒，影子却绕到我身后超度亡灵
让我从两个杯子里喝酒
让我在同一片月光下两相对坐，又彼此血刃
整座花园都朝向这只空酒杯
梦中的一个，突然对影成三个举枪的人

9

诗歌此时高高耸立在花园的对立面
她的影子却双眼如炬
从两个黑暗的洞穴飘出来，收割我的人头税
她的凝视就是一块冷峻的岩石
让我永永远远高举过头顶

10

为什么不去爱一副更灰色的皮肤呢
“你可以舔她的冰淇淋
但绝不能吃她的豆腐”

11

张开的诗歌与影子合二为一，协议终于签订了，光照了进来
在我的手臂上，用一个冰凉又鲜红的唇印扫码过后
又发一个微信红包让我买单

一个铲铲的锤子，一个锤子的铲铲

伤逝

尹丽川

别后

——赠M

我知道青春碧绿
我见过万物金黄

朝东是明日
朝南是过往
朝西是极乐
朝北是星辰

你在火车上读着诗集
沉沉睡去

很久以前

很久以前，有一个售货员
在敞亮的国营商店
卖汽水　饼干和香烟
她的发辫有湿漉漉的香气
她的眼神有浅紫色的秘密

很久以前，有一个列车员
天天穿越美丽河山
可他从来不看，不往窗外看
倒开水时他想马尔克斯
拖地板时他想罗曼·罗兰

他们要是认识就好了

他们要是认识就好了

永不能实现的梦想，才会发光
你也不用离开家乡
我的远方就在心底
很久以前　这是个秘密
我会把你深深怀恋

他们从未遇见就好了
他们从未遇见就好了

是谁讲了一个笑话
——纪念故人

一张十五年前的南京旧照里
不知谁说了个笑话
大家都笑了
当众一个大笑的
叫外外
一年半前　骤然离世

十五年前，那夜之后
朋友们送我和阿美去机场
外外亦在其中
路过扬州岔口
毛焰开错了路
又不知谁说了句
不如一起，去扬州吧

那时也并不很年轻了
也许正因如此——
心无挂碍　齐上扬州
一路喜悦　稚童逃课
慨当以歌　举目风光霁月

老韩认真地讲
就这样吧　不回去了
就此成一种族
随念而行
四海为家

十几年后　外外离世
留下千行
生前不曾被他的诗人朋友们
读过的诗

当年若继续东行
我族可会昌盛　还是凋零
可有税赋　抑或只想移民

我印象中　外外温和
总在微笑　可印象永错
照片里　他正大笑
到底是谁　当时说了一个笑话
令所有人都在笑
一定、真是
真是太好笑了

念想

我想住在依山傍水的屋子里
我的一些朋友
正住在依山傍水的屋子里
我住在
依山傍水的念想里
我也住过依山傍水的屋子
无事可干　再没有念想

如父如女

在一群热议
白菜和税收涨价
谁家孙子比较成功的
聒噪老人中间
我那白发苍苍的父亲
孑然一身
孤立无援
就像坐在热议
教育和移民的
带娃妇女中间的我
伤感莫名
魂飞天际
偶尔我们的眼神交汇
又赶紧避开
彼此都矮了下去

牡丹

——《后革命时代》

在一部纪录片里
我看到所有人
你们的女孩
我们的前夫
前世的兄弟姐妹
未来的战友和敌人
彼时每个人都好看
都穿着缤纷衣裳
都爱讲笑话
都笑得哈哈哈

我听见光阴
圆心静止
半径流淌
暖气舍不得烧
电扇坏了一叶
房东在窗台养了几株牡丹
四周是时代
车马滚滚向前

只有在夏天
才能又穷又快活
青春霁月
啤酒是黄金
黑夜是白银
音乐是灵魂的暂住证
二十块的演出费
清晨的微光好美

黄昏时细雪纷纷
我们彼此对望
想去革命，也想分手
那是广袤的一刻
那时我们最热爱人类和生活
牡丹和你
都是亲人

信仰

那火红的黎明
和洁白的清晨

月光下闪亮的湖水
和湖边大声唱歌的人

枫树林一样的黄昏
那大朵大朵的

橘紫色的云

这世间的美好
多半是温柔的

温柔得令人
生出对信仰的怀疑

我们心怀细雪
走在大雪纷飞的路上
一路寒心

无尽

瓦檐下落雨时
一滴成线的水

秋风里唱破风歌
一问一答的壮志

活在古意与现代之间
真是焦灼啊

看堵车似望山河
人间尽是比喻

凝神

残垣上的那只喜鹊
一动不动了许久

雄狮望着荒芜的草原
它究竟望向何处

我的老父在书桌边发呆
这个下午他在想些什么

牧羊人看着高高的蓝天白云朵
蓝天蓝，白云白

少年游

我想和你一起
在被弄干净的城市
做一回少年
而不是和你
在被弄脏的乡村
回忆童年
没有童年
五岁前的事情
从没发生过
我们生来就迎风招展
上了小学
上了初中
上了青春期
上了当
上当又还有救时
最快活
坐在街边台阶上
那满满的风
满满的心事
爱恨和雄心
溢出来的少年愁
真是天边白云一朵朵
世界都低头
在我们的掌心开出花来

沉默

沉默如墙
天空漆黑
砖缝中有指甲带血的划痕

沉默似泪
泪光晶莹
折射出三千娑婆世界

沉默是镜
外面是众生
里面是人间

沉默是歌
文人被御用
歌者被毒哑了嗓子

无题

生活显出父辈的风貌
而我们并没有子嗣

有子嗣的夫妻携手回家了
那是我的男人，我的女人
他们普通又疲倦

清冷街，红灯笼
大家遇见时嘘寒问暖
别时也依依

生命总是在好人的微笑里
道出了悲凉
而每个好人都如同洪流
挟裹着我们向前

平原

生活一马平川
不再有涟漪、险滩
也不再见高山

生活就像平原上生活的人
朴实又狡黠
佝偻着背
目光炯炯
一切都熟悉
都已然发生
我们辩不过这些人啊
可他们又赢了谁

人世间

我的父母每周末
都来看我的孩子
母亲带来玩具和新衣
父亲带来相似的消息：
某某熟人又去世了

他的老同学、老同事
老亲戚和老邻居
一个人的朋友圈就是他的时代

这时我已学会像长者那样打岔：
爸，晚餐吃饺子还是米饭

中秋去谁家过

无论如何我还无法
像一个朋友那样和父亲谈论生死

我的父亲不读佛经
天色渐暗，四周亲人热闹
他独坐在藤椅上发呆
一坐一个尘世

失眠一则

你们圆圆的脸庞
侧看，是自然界最美的弧线
你们的眼睛
黑白分明
如儿时临摹的字帖
你们浅浅的茸毛和柔软的头发
如初夏的微风
穿过池塘　穿过树林
穿过黄昏的光线
来到我心深处
你们是一份未被更改的盟约
上面写着公平与天真
老年人活在过去
少年人活在未来
谁在此时时刻不眠不休
如我们活在中间

悼金庸

四岁始识字
六岁背战国
十岁读鲁迅
十二感红楼
十四抄太白易安和雨果
十七唱老崔齐秦罗大佑
十九上大学
你们都来了
凡·高莫奈让·日奈
加缪平克莫里森
二十六恨一切爱所有
二十七爱上一个人
三十醉诗人轻狂教父深沉
三十三拜见莲花生
三十五懂李安始如一
四十三知苏轼集大成

但我从前和余生
都只愿窗外烟雨冷
屋里热茶一杯
瓜子牛肉干备好
有爱无爱皆可
有了笑傲和天龙
谁要过这书剑
无谓恩仇之一生

乌托邦

——俄罗斯诗旅

伊沙

黄金在天上舞蹈
命令我歌唱
——奥西普·艾米里耶维奇·曼杰斯塔姆

1

“通灵的鸟儿会给我答案”
让我以帕斯捷尔纳克的诗句
开篇

今晨
将我唤醒的鸟儿
都发俄语特有的卷舌音
与我眼前耳畔的
雁塔晨钟
渭水欢唱
构成辉煌的交响

长安
我不断回归的
永远的出发点

2

七年前
我与妻子老G

一起翻译阿赫玛托娃的时候
想到过的问题
今晨重临心间：
“我向往她的城市
圣彼得堡或曰列宁格勒
她向往过我的城市——我的长安吗？”

今晨
我尚在长安
我还远离她的城市
便已有了答案：
“那是一定的
在她应某汉学家之邀将李白
润色成最美俄语的那一刻”

3

“这一次出国
为什么要写长诗？”
“这是由所去之国的
文化体量与诗歌传统的
厚度决定的
广袤俄罗斯
区区几首短诗
岂能盖得住！”

4

我认识的第一个诗人
仍是俄国人——普希金
“俄罗斯诗歌的太阳”
他给我至今无须修正的
“诗人”定义
对我影响终生：
诗人不等于文人
不等于只会写诗的人
他得是条
顶天立地的汉子
该决斗时决斗
该拔枪时拔枪
哪怕被毫不值得的尿人
射杀

5

一个诗人
到了俄罗斯
还不出好诗
以后干脆别写了
此行同往的13位诗人
手中之笔
没有退路

6

北京之夜
有鸟在叫
繁星闪耀
有言相告

7

原来鸟儿的躁动
是来自雨前的燥热
于是在北京
淅淅沥沥的雨夜
我梦见自己
跟一个吊威亚的人
正在进行一场打斗
他上下翻飞
功夫了得
可我一点也不害怕
多次忍俊不禁
因为我知道
他再厉害也是假的
只是一名演员

8

前年跟大前年的暑假
两赴韩国
妻都点名要某种品牌的
化妆品
去年夏天去日本
她更是开了一张
长长的购物单
通过手机
发到现场
此次她说：
“去俄罗斯
不是让你去购物的……”

那是去干什么的呢？

9

北京的早晨
不是在鸟鸣
而是在乌鸦的叫声中
醒来
铁狮子坟世居的乌鸦
北师大的吉祥鸟
一个男人
和一个女人
京腔京韵的吵架声
破窗而入
我想
从这面窗子望出去
一定会看到
苏式风格的老楼
果不其然
我看到了一大片
这就是我们为什么
要将北京选成
集合点与出发点的
因素之一吧

10

北京
夜幕降临
华灯初上
凉风习习
让燥热的心
重归于宁静

11

首都国际机场
刚出中国海关
来到国际区
美丽的俄罗斯少女
已经脚踩滑板
穿堂而来
翩然而至
金发飘扬
在中国的午夜

12

飞机上
滑板少女
与我邻座
她是被我的诗
写过来的

13

飞机上
拉开小桌板
摊开《我知道怎样去爱》
我这是
将穿旗袍的阿赫玛托娃
送回娘家去

14

从黑夜中起飞的飞机
很快迎来了日出
便一直在光明中飞行
飞过西伯利亚的极昼

15

飞机降落在
叶卡捷琳堡
茁壮的异国气息
扑面而来
是诗人的伟哥
催灵感雄起

16

在北京首都机场
四川诗人赵克强
（人称“光头强”）
跟着广播学普通话
在叶卡捷琳堡机场
他照样可以跟着广播
继续学普通话
今日之中文
已经大大扩大了
她的疆域

17

站在叶卡捷琳堡
向东看是亚洲
向西看是欧洲
向上看是天空
向下看是地火

18

对于这个民族的
少女来说
长成美人儿
太容易了
所以阿娃的关键
还是写得好

19

莫斯科：一位
陌生的老朋友

20

站在莫斯科
“斯大林七姐妹建筑”之首
莫斯科大学主楼门口
我有一段阴暗的心绪
像阳光下的阴影
两年前
你们在一部
《中国当代诗选》中
收编了我的诗与访谈
围绕这本书所做的活动
却没我的份
OK，按照本次游程表
我在此只能逗留20分钟
两支烟的工夫
恕我没空接见你们

21

在莫斯科的地铁里
坐上五分钟
古老的地铁从某个年代
风驰电掣而来
从上面走下来的人们
像是从小说和电影中
走下来的

22

红场小得叫人伤心
它似乎更符合
它的另一个译名：
“美丽广场”
从体量上说
它只是一首短诗
但却充满了叙事

23

到了红场
才知那年
中国大妈
跳广场舞
被驱原因
这里有
列宁墓
必须肃静
中国同胞
幸灾乐祸
过度解读
实在猥琐

24

无名烈士墓
一个民族的
长明灯
消音器
戴鼻环的少女
也会在此
默默饮泣

25

从红场到附近一家
中餐馆的路上
女诗人绿天
第一次走丢
在一个街角
她看见一个老头
在拉手风琴
便停下来
进行摄影创作
等她拍完
一抬头
大部队不见了
“你们没看见
拉手风琴的老头吗？”
后来
被找回来的她说
“看见了”我说
“我都来不及给他
投个硬币
大部队走得太快了
像红军急行军！”

26

在新圣女公墓
导游小杜因为
他讲的所有人
我都知道而吃惊
我只为我还记得
葛罗米柯而惊讶

27

父辈的苏联情结
哪有那么肤浅
父母留下的
西北大学生物系

动物学专业课本
到处都是巴甫洛夫们的画像

28

这个民族
以后依然不可征服
新圣女公墓中
有多少高大上的伟人
被献花最多的却是
卓娅

29

在俄罗斯
我看见最伟大的雕塑
不在街头
不在广场
而在新圣女公墓
穿甲弹之父
瓦西里·格拉宾之墓碑
一个大洞赫然在上
烛火的青烟仿佛
硝烟还在缭绕
墓碑是德国虎式坦克
装甲的厚度
这是卫国战争
乃至整个二战
物质上的转折点

30

在新圣女公墓
AK47之父——
卡拉什尼科夫墓前
导游说了一句
苏联谚语：
“在非洲某些国家
无人知道克里姆林宫
无人知道普希金
但都知道AK47”
那一刻
我走神了
只听见普希金

31

在新圣女公墓
吸烟处
有一对本地的
聋哑男女
一边吸烟
一边用手语交谈
我全听懂了
男的在女的手上
写下一个名字
然后他们同时
竖起大拇指
然后又写
又竖
是无声的
赞美诗

32

此前从未有过
这样的感觉
越走进这个国家与民族
反而越觉得它神秘与深邃
或许以列宁命名的
国家图书馆前唯一的
陀思妥耶夫斯基的雕像
便是答案

33

丘吉尔说：
“宁愿失去印度
也不愿失去莎士比亚”

那么普希金
等于多大面积

阿拉斯加？
西伯利亚？
全部俄罗斯？

34

“在普希金出现以前
俄语是野蛮的……”

在我给学生讲了几十次
之后我来了
我不来怎么好意思
继续讲下去

35

莫斯科
有座足球场
原本计划作为
去年世界杯的
主赛场
现在终于完工啦
在迟到一年之后
这就是俄罗斯速度

36

莫斯科城之夜
陷于深度睡眠
漆黑无梦
海面上是
月落日升
风吹雨打

37

二十世纪六十年代
当美国桂冠诗人
罗伯特·弗罗斯特
参加完肯尼迪总统
就职典礼上的

历史性朗诵
来到苏联
他恐怕不是简单地
被赫鲁晓夫忽悠了
而是真的看到
人类理想社会
乌托邦的雏形
这里的人民
可以免费得到
理想的居所
还有萨特
还有毕加索
还有罗曼·罗兰
还有聂鲁达

38

莫斯科酒店
房间浴室中的
一把俄式梳子
让我陷入了
犹豫
要不要把它
带回去
在我小时候
父亲每次出国
都会带几样
这样的洋玩意
代表着他的爱

39

同屋江湖海
逛完超市归
手举一柄
六百卢布的劣质伞
大骂俄罗斯的轻工业

40

大兴安岭的
白桦林
长得再高一截
便是俄罗斯

41

此次
中国诗人中
入睡速度冠亚军
艾蒿和我
都到了俄罗斯
在大巴车上
当有人说：
“路还长
眯一会儿吧”
我和艾
必有一人说：
“不好意思
我已经睡过一觉了”

42

在中国
连流行作家都晓得
和尚是古人的样子
不过中国的和尚
面带浊气
不怎么像古人
（对比一下老挝的和尚）
在俄罗斯
我发现
还是东正教修士
更像古人
他们一生不剃须
从《童年》《在人间》《我的大学》
连环画本里走出来

43

一月在柬埔寨
登吴哥窟时
发现的
右腿弯处的痛点
在登圣三一大教堂时
自愈了

44

在俄罗斯
在每一座东正教堂的
洋葱头上
紫金发出黄金的光芒

45

鸦群翻飞在俄罗斯原野上
仿佛天空脸上的雀斑点点
引来中国诗人一片欢叫
哦，这是中国诗歌史上
面对黑乌鸦发出的第一声欢叫

46

人与景
美到无法形容
美到张口爆粗
美到叫人绝望

47

在俄罗斯
风景画家人像画家
等于不作为
更何况摄影师

48

此次在俄罗斯
“大地”一词
在我心中的定义
又一次被修改了
此生最后一次

49

参观俄罗斯农庄
看了两个家庭
导游让我们猜
哪家地位高
我们——中国人
理所当然地认为是
面积大家具多的那家
结果错了
为什么错了
导游也不说
今天我忽然想起
面积小家具少的那家
全家福中有个
大胡子修士

50

在欧洲
喝到好咖啡
没啥奇怪的
在俄罗斯
也不例外
滋味最好的
一杯
是在一家
乡村咖啡馆
一位怀孕的
美少妇在经营
她不让我
端到露天的
咖啡座上去喝
让这杯咖啡
距完美
差了一支烟

51

在弗拉季米尔
有一座东正教堂
当年蒙古大军来犯时
86个勇士在上死守
愣是无法攻克
我在下面站了站

在呼和浩特
有一个成吉思汗广场
和一座成吉思汗公园
我都去了——在下个月
在同一个人的两尊雕塑下
站了站

52

中国诗人赵克强
“光头强”赵大爷
深受俄国青年男女喜爱
他们问他：
“你脚上的运动鞋
是从哪里买的？
你的第一双运动鞋
是什么牌子？”

53

俄罗斯男人
平时一张扑克脸
酒后咱都是兄弟

54

喝伏特加酒
玻璃杯得结实
干完再要
得在桌上
墩那么一下

55

俄罗斯男人
两百个人可以揍
一千个臭名昭著的
英国足球流氓

56

莫斯科郊外的晚上
中国诗人站在桥头唱苏联歌曲
今天的俄罗斯年轻人毫无反应
静悄悄的两只天鹅自桥下游过

57

俄罗斯民歌的原唱
采用他们的民族唱法
口语、唱白、沙哑的嗓音
吊诡的是：中国人引进时
偷换成仿意大利美声
在那个年代
中国还没有相匹配的唱法

俄罗斯诗歌的引进
是不是也有
类似的猫腻?

58

在俄罗斯
同居一室
某晚睡前
江湖海拿手机
给我看他小儿子的照片
像看他孙子或外孙
我在心里算了算
那一天
也快了

59

弗拉基米尔的早晨
早餐归来
穿过走廊
在一扇半掩的门里

一个第三代诗人
和一个“80后”诗人
正在热烈探讨
现场写的好处
这就是《新诗典》诗人
中国最正派的诗人

60

导游推荐的购物选项
我选了伏特加酒
准备带回去
与长安诗歌节同仁分享
还选了熊肉干
准备孝敬老爷子
他是动物学家
亚洲熊类学会理事
这辈子
手上有三条熊命

61

俄罗斯少女
都是照着
白桦树长

62

每一位失形的
俄罗斯大妈
嘴里都含有一句
潜台词：
“我美过”

63

从莫斯科到彼得堡
多少风花雪月
多少英雄小丑

64

从莫斯科到彼得堡
火车上
同包厢中的一位
俄罗斯中年妇女
身材少见的苗条
睡前
起床
各做了一次
芭蕾舞剧中
天鹅展翅的动作

65

火车穿过晨雾
来到圣彼得堡
在这里
我有一个亲人
我曾陪伴她的一生

66

从莫斯科到彼得堡
乌鸦的颜色变浅
但还不是海鸥

67

俄罗斯的麻雀
和我们这儿
不大一样
颜色发蓝
脑袋上
有一撮
浅色的
金毛
像是漂染的
但它还是
本分的麻雀
而不是金丝雀

68

大巴车上
葵同仁庞琼珍
与大长节前同仁艾蒿
欲就诗问题
对簿公堂
湘莲子
把远在天津的徐江
称作“葵爷”

69

喀山大教堂
令人震撼的
晨祷声声
信徒丛中
摇篮车里
一个婴儿
睡得香甜

70

托马斯·特朗斯特罗姆
波罗的海对面的瑞典诗人写道：
“圣彼得堡与湮灭处于同一纬度”

71

夏宫门口
演奏国歌
——中华人民共和国国歌
为中国游客
——少有的为中国人民而奏

72

在圣彼得堡
波罗的海海滨
一瓶冰啤酒
冰镇了

公知白立
一路的愤怒

73

老问题：
“希特勒怎么敢进攻苏联？”
新答案：
“因为没来过”

74

喜欢圣彼得堡
胜过莫斯科的
最小理由
地上有烟头

75

在这片广袤的大地上
“巨人”不是修辞
彼得大帝两米零五
阿赫玛托娃一米八零

76

圣彼得堡
肯定不止一个灵魂
我随便指认一个——
满街的孩子们
爱戴的海军帽

77

冬宫故事
一个画家
画不过伦勃朗
就向其画泼硫酸
从此冬宫
禁止带水入内

凡·高当年是如何做的呢
为了走出伦勃朗的黑暗
尼德兰的黑暗
出走法国
让法国南部灿烂的阳光
把自己的画照亮
直画到脑子被晒坏
给自己一枪

78

12年前去荷兰
其实我没有看到
伦勃朗
把所有时间
都给了梵高
此次在冬宫
我一次看个够
却无缘得见

盼望中的列宾
那就等待以后吧
必有神秘的机缘

79

在冬宫
我并未看到修拉
修拉被揣在我心里
他发明的点彩法
是本诗的结构法

80

在冬宫观画
除了墙上挂的
还有窗子里的
还有本国观众
也是一幅画

81

此刻涅瓦河
就在我窗前
静静地流淌
闪烁着夕阳
从未梦想过的
变成了现实
这么多年
总是这样
实现的
都是从未梦想的

82

原本来避暑
结果感冒了

83

俄罗斯的蚊子
仿佛空调下的蚊子
仿佛米格战机
飞在真空里
徒有蚊子的躯壳
咬不了人的
所以
当它真的咬了我
一个包
我的惊讶
回到中国
还不消散

84

圣彼得堡
契诃夫大剧院
并不是用大作家
大剧作家契诃夫的名字
命名的

而是设计它的
建筑大师契诃夫
我在吃俄餐时
想起前者的怪癖
写作时的常规饮品是
鸡汤

85

到了彼得堡
我才会明白
难怪阿赫玛托娃
一辈子哪儿都不想去
不到彼得堡
我岂能知道
如果无人驱逐
布罗茨基也不会离开

86

涅瓦河
波罗的海的倒淌河
掀起海浪
圣城彼得堡
乃至整个俄罗斯的
蓝色脑血管

87

17年前
我站在波罗的海
瑞典的海岸边
向西瞭望
当时我不知道
我看见了什么
现在知道了

88

喀山大教堂对面
有一家普希金咖啡馆
是大诗人生前常去之地
其实就是一家书店里的
几个咖啡座
需要排长队
才能等着
我们慕名而来
见此情况
我说：
"中国口语诗人
不是那么迷信符号的
换一家！"

89

圣彼得堡
拥有普希金咖啡馆的
那家书店
人头攒动
畅销书的显眼位置
放着茨维塔耶娃
曼杰斯塔姆

叶赛宁
的传记
我忍不住
叹了口气
想到东方的祖国

90

在我跟团走过的
整十个国家中
只有俄罗斯地陪导游
敢于黑其导游的国家
但又十分准确
最准确的段子是
酒店里的电视
像微波炉

91

老说这个民族轴
比较死板不懂变通
是的，也许他们
造不好一粒纽扣
但是能够造出
几百年不倒的
大理石柱

92

有一个国家
阴差阳错地成为
另一个国家
长达几代人
信仰的方向
精神的家园
情感的寄托
艺术的剧院
文学的图书馆
这在人类文明史上
算不算空前绝后

93

拍美女没人理
拍肥鸽有人讹

94

地陪小王
吉林姑娘
在这美人国里
捍卫着残存的
中国美
她告诉我们
圣彼得堡
一年里
白昼最长的一天
是在6月23日
23小时白天
1小时黑夜
所有诗人的想象力
都被她的话

在一瞬间里
激活了

95

白昼太长
黄昏补觉
白日做梦
梦见我的裤子
因为太过破旧
而被克格勃收走了
当时我不在现场
而我的护照
就在裤兜里

96

在阿娃墓前
有现成的小蜡烛
（咖啡色的）
供凭吊者点燃
13位中国诗人
各点一支
我在心里判断
阿娃生前抽烟
便点上一支烟
竖在墓盖边
从香烟的燃速判断
她是需要的

97

我与阿赫玛托娃
长安诗人与圣彼得堡诗人
区别何在
他们坚守的东西相距百年
我们坚守的东西相隔千年

98

哦，阿赫玛托娃
生于1889年6月23日
一年里白昼最长
黑夜最短的一天
光明的女儿
面对一小时黑暗
像面对自己的影子

99

阿娃年轻时
就被人预言过
不成伟大诗人
必成杰出律师
那是一个怎样的
就读于皇村中学的
俄罗斯美少女
大巴车上的
中国诗人
全都静默了
大家在想象

100

人生中遭遇过两次大禁
两次都是
长达十年以上的刑期
在遭禁的日子里
阿赫玛托娃
除了继续写作
还做了一件最对的事
开始研究她少女时代
并不热爱甚至
发过微词的普希金
不面朝太阳
哪能成月亮

101

在俄罗斯
在伟大诗人
受难般的雕塑丛中
计较自己
在诗上的际遇得失
是可耻的
大多数时候
阳光都将我心
照回到初心
照回到小学时代
初读普希金的课桌上

102

到了俄罗斯
便会有种
强烈的感觉
中国的
俄诗译者
把俄诗
译土了
译得太土了
“他们人肯定都来过
回去怎么不做调整呢？”
大巴车上
中国诗人们议论着：
“中国的诗译者
有几个是跟着
中国现代诗
一起洋起来的？”

103

有个朦胧诗人
对俄诗五体投地
如数家珍
我忽然想到
他没来过

104

我有一种感觉
中国现代诗的
先锋性
已经走在了
俄罗斯以及
东欧国家的前头

这是四十年来
老老实实
到西方取经的结果
再加上他们
自有传统
本来就不注重这个

105

在七月的俄罗斯
参悟到
四月去蓝田
寻访王维墓
只是为了比较文学的
一个课题
俄人把他们的大诗人
的墓碑打造成艺术品
华人把他们的大诗人
的墓碑弃于荒野乱草
这是绵延不绝
与诗道中落之对比
这是真爱
与假惺惺之对比

106

如果全人类
都读不懂你
请把你的大作
寄往彼得堡或莫斯科
寄给俄罗斯贵妇
人类文明史上
最伟大的
精英读者群
她们或许人微言轻
不掌握话语权
无助于你被世界发现
但或许是第一个
读懂你的人类
让你在有生之年
收获最后一点
人间的温情
你小子运气好的话
甚至会收割
旷世的爱情
从尼采到巴尔扎克

107

诗人团里的
首席男歌手
江湖海
将每一首
苏联歌曲
都唱出了
湖南山歌的
辣味

108

诗人团里的
首席女歌手
图雅
将每一首

苏联歌曲
都唱成了
美声花腔

109

诗人团里的
开心果
广告公司老板
赵大爷
把俄苏时代
两座伟大的都城
诊断为：落后
中国三线城市
（譬如其家乡四川绵阳）
二十年

110

十月革命一声炮响
阿芙乐号巡洋舰
向冬宫打了
一枚信号弹
我仔细看了看
它结实的舰身
想到正在写作的本诗
便沉下心来
继续写作

111

足球迷的坐标
莫斯科——中央陆军队
圣彼得堡——泽尼特队
（近年都得过欧联杯冠军）
休赛期
无比赛
在超市的商品上
与普京平起平坐的
是冰球明星

112

到达一座
陌生的城市
不要只顾登高
在马路牙子上
一屁股坐下来
你会看到
别人看不见的
风景

113

“俄罗斯很大，”普京说
“但没有一寸土地是多余的。”
“它的心房是莫斯科
它的心室是圣彼得堡。”我说
“这是一个民族与国家
乃至全人类的黄金心血管。”

114

在俄罗斯
听到最俗的一句话是：
“太美了！”

115

在圣彼得堡
常常听见
喉咙被卡住的呻吟
是有轨电车
在拐弯

116

圣彼得堡最后一日
地陪导游小杨
建议增加的项目
举世闻名的
俄罗斯皇家芭蕾舞团
经典剧目《天鹅湖》
我未选：嫌其贵
1300——非卢布，人民币
广告公司老板赵大爷
不差钱，怕睡着
丢中国诗人的脸

117

圣彼得堡
最后的晚餐
吃了赵大爷
从四川老家
带来的榨菜
吃了艾蒿
从山城重庆
带来的辣椒
祖国的味道
叫人格外开胃
吃咸了
吃辣了
上了返回
莫斯科的
夜行列车
还在不停喝水

118

中餐馆里的伙计
都是来自中亚
某国的青年
手上的速度
来自中国老板的催促

119

《新诗典》诗人访问团
每次出国
因有张居士、蒋居士在

餐桌上的肉
总是够吃的

120

从莫斯科到彼得堡
从彼得堡到莫斯科
一条伟大的小说家之路
还包括他们塑造的
典型人物

121

去苏联化
谈何容易
绿皮火车
载回苏联

122

在俄罗斯的日子里
我的心头时常闪过
我打小仰慕的红军形象
那是白色红军
穿着白色披风
在广袤的冰天雪地中
白蚂蚁般蠕动
手端圆盘冲锋枪
向敌人射击

123

像是精心导演
在圣彼得堡
与莫斯科之间
隔着一夜风雨

124

重返莫斯科
空气中弥漫着洋葱味
我用腱鞘炎的左手
提起了女诗人的箱子

125

回到莫斯科
江湖海抓紧时间
不舍昼夜地吹自己
这样的人
终生不会抑郁

126

供职于精神病院的
湘莲子医生
看了上一节
诊断道：
“他把别人搞抑郁了”

127

回想起
在莫斯科
参观地铁的
那天夜里
在短暂的
黑夜中
在浅浅的
睡眠中
我梦见
我和两位
女诗人一起
乘坐地铁
结果我的诗本
被无孔不入的
二毛子小偷
摸走了
事后
其中一个
女诗人说：
“我看见他
在偷你……”
我恼羞成怒
想冲她发火
又迅速
冷静下来
革命同志
关系纯洁
没有资格
冲人发火

128

永恒的美人作证
以托翁为首的
俄罗斯伟大的
现实主义小说大师们
写真写实的
功夫真深啊

129

谁能告诉我
在俄罗斯人
与生俱来的骄傲中
有没有这么一层：
“你们长得好看啊
还是咋的？”

130

在俄罗斯
景太美
人太美
我反而
留下了
历次出国
最少的照片
一个问题
跃然浮出水面
“你究竟是干啥的？
是否可以用笔

表现内在那些？”

131

“江山如画，
一时多少豪杰。”
多像中国人写的
写得多像俄罗斯

132

崇拜各行各业英雄的民族
与崇拜成功商人与娱乐明星的民族
分属于人类社会发展的不同阶段

133

韩国人全民整容
一定是深受
俄国人整体颜值
的强烈刺激

134

世界真奇妙
我造访过
长好看的民族
也造访过
整好看的民族
为此一点
我也要走下去
看下去

135

《新诗典》
不走回头路
面对俄罗斯
我不知那些
“60后”以上的诗人
在犹豫什么

136

踏上归途的凌晨
大巴车在莫斯科
空无一人的大街
开了很久
就是为了让我们
体悟中文中的
一个字：空

137

俄罗斯的鸟鸣
更像叶赛宁

138

到了俄罗斯
我才知道
“俄罗斯的良心”
索尔仁尼琴
在我五年前到过的
美国佛蒙特州
隐居过二十年

世界
就是由我们
有幸抵达的局部
一点点拼合起来的

139

俄罗斯的水果很酸
不用催甜素之故
不过我听说
中国的大棚
已经入侵西伯利亚

140

今日俄罗斯
所有的忧患
都大不过此：
人口负增长

141

你已经走遍了全世界
可还没有到过俄罗斯
那就不算

142

两年前
没有在莫斯科大学
见到我的铁粉
终于在
三天后的长安
截住我
他拿着俄文版
《中国当代诗选》
总结说：
“他们一定是
理解不了《车过黄河》
所以没有邀请你”

143

我不会因为某一个人的态度
而改变对俄罗斯民族的看法
这便是中国大诗人

144

莫斯科与维也纳

只差一个时区
在俄罗斯的日子
感觉距我
唯一的洋朋友
维马丁很近

145

维马丁跟我讲过
他上中学时
跟同学一起到过苏联
对他这个奥地利人来说
什么都便宜啊
他们住了很好的酒店
见人排长队
便跟着排
到跟前才发现是冰淇淋

146

在行业内享有盛名的
鹿特丹国际诗歌节
每年都有“国家专题”
这个国家的诗人
就会多请几个
轮到俄罗斯的那年
一周下来
但凡俄国诗人
所住酒店
房间里酒柜中的酒
都被喝光了
（增大了会方的开支）
专题讨论会举行时
人都醉卧房间
无法进行
从此以后他们很少再请
俄国诗人

147

去俄罗斯
入境需要抽检你的钱包
必须带够100美元以上
方可入境
离境需要全检你的钱包
不能带走2000卢布以上
想起今年去过的柬埔寨
边检官公然明索小费
真是不要脸了
唉，在当今世界
对于国家而言
没有强大的经济
就没有尊严

148

贵宾休息室的名字叫
肖斯塔科维奇休息室
在莫斯科多莫杰多沃国际机场
这种命名
只会发生在俄罗斯

149

多莫杰多沃国际机场
中国诗人做完
此次系列诗会的最后一场
心满意足地来到登机口
没有任何预兆
一个路过此地的
高大的青年男子
忽然前倾倒地
浑身抽搐不止
貌似癫痫发作
头上血流如注
我看见
他扭曲倒下时
目光望着我
在向我求助
我正欲冲上前去扶他起来
有人大喊一声
（是此行中很少听到的英语）：
“Don’t move！”

《蜗牛》诗选

余怒

不仅仅因为寒冷

冬天带来许多问题。
山上积雪，爬不上去。
爬上去也四顾茫茫。
在山顶上我想
那被人称作“我”的
一团东西它是什么?
还有河水问题。古老的水中生物。
我看见一个人，抱着
湿衣服，坐在铁栏杆上，
双腿悬着，望着河面。
他在盯着什么东西看。
波浪因为不动而不像波浪。

出现

在房子里写作，
不由自主会写到
灰暗和阴凉。
房子旁边，有个水塘，
看得见塘底的石头，
蚕豆和豌豆开始挂果，
这些都显得很古老了，
像是常常被翻阅但
不被理解的永恒作品。
这并没有使我更孤僻。
我每天走出房子三次，
以保证人们能看到我。

旅客

一个秋日午后，
我坐在码头上看书。
一艘轮船因故障停泊。
几个男女倚着船舷，笑着望着我。
多年前，我也坐过轮船，也那样
注视过码头上的人们。
为同时存在而相互惊奇，
按捺住不喊对方。
来之地和去之地，漂移变幻。
我从不为身在书中还是身在
现实中而为难自己，觉得哪儿不对劲。
永远都有不知身在何处的恐惧净化我。

在无名小镇休息

由栎树林穿过
榛树林，看到一些果实。
从自然界回来的身体
携带的气味，一整天都好闻。
我是说深夜自我陶醉的
方式可以这样也可以那样：
掀起衬衫或直接脱下裤子。
因为我关心的很多事都在变坏我
不得不专注某一个哪怕它
发生在地球的另一边。
世界只剩下一个小镇，
这并非抽象的地理知识。

如此景物

八月的乡野，
不利于我的痛苦，
只会让人羞于其神秘。
远处有野树湖泊云朵，
我心中有一层世界在变蓝，
（此澄澈力量不易获得。）
如果这时，有人告诉我，
我们不会始终活着，我当然会受不了。
但要是我独自领悟出来，
便会转而向四面八方致谢：
静默及其蜂鸣；无花果树
及其无花果；如此的现在。

地理上的我

地理上的我，此时在机场。
身边穿梭的旅客形体，
我猜测当我是他时的异地体验
与我是我时有何不同。
以己推人总是令人迷茫：
那些与我们语言不通的人，那些
偏爱在飞来飞去中寻找异己感的人。
但没有人有走过来拍拍你的肩膀，
要求一个拥抱的义务，不是吗？
这并不使我感到多么遗憾，
反而像坐在图书馆一角被人
视而不见一样使我感到欢欣。

标记

十二月初的某个晚上，
我为我的五十岁感到难过。
以之前发生过什么来推测
之后将发生什么。
相信某种药物，如同从前
相信过的诗——这一次才有效。
在朋友家，接受众人的
祝福，酒后呕吐两次。晃荡到
一户人家院落外的砖砌人行道上，
倚靠冰冷的尖木栅站立，
让我的脸
仰对一颗小行星。

第一次

第一次我在羊齿植物
的齿状叶片间舒展四肢，享受
还来得及的、没有哲学味儿的
欢愉。这是胸腹之间世俗哲学的欢愉。
我们，制造过多少幽灵，
以恐吓我们自己，利用
文学手段。不啻给自己找麻烦。
野外，白榆树上，刺蛾科
的绚丽，徒然富有表现力。

野兔或双尾燕

对着夜空，喊那些流星，
不承认时钟认可的那时间。
度过平凡一生也需要有
向自己反复求证的快乐。
在我的幼年与老年之间
有一个摆脱身体的契约：
野兔或双尾燕；跑起来或飞起来。
但治愈所需的弥留般的寂静让它
多停留一段时日。至今无法实现。

自省篇

在清泉流泻过而今干涸的溪谷里，
我孤单一人，择路攀爬。一路上我
自问：我会客观地看待这个世界吗？回答
是：“不能”。即便有人回答“能”亦属正
常。
他们履行父母或情侣的义务，可能
不是全部，而是约定的一小部分。
为此必须保持身体秘密。犹如卵石间
吞下数倍于己的不明猎物的非洲岩蟒。
流畅的凸起。听从温润本能。

独处篇

斑叶栀子花的纯白花瓣散发的
浓郁芬芳在卧室里萦回，多次令我不安。
身为诗人，想想我依赖过什么。没有。
但用可爱的诗比方情诗为自己或
别人解决过什么。没有。于是在
邻居敲门向我借取某种东西时我回答：“没
有。”
“但美是绝对的。”一个年轻貌美的
女人这样说。她还说：因此需要一座教堂。
我将之归于无知，以及古老表达的词不达意。

旅行记

在运动中，我不能理解其他存在。
在火车上，意识被车窗切割，变得
恍惚。因为动和静的奇妙共存。如果
接受康定斯基的比例。
面对面坐着，两个人。我率先打破
沉默，问他的名字，并伸手与之相握。
我是厌弃了孤独的物理学家，擅长写诗——
　只能
这么分类和自我否定。沿途抓拍一组
照片，或用儿童画的手法表示好奇。

海边事

朋友们游向大海深处。故作惊慌
的叫声在波浪声中渐小。在阳光
流泻于竹节棕榈巨大叶子的斑驳下，
我把双脚伸到沙子里。想象我死后
的第一年，这些朋友会怎样想起我；
第三年。然后第十年。海水怎样
把沙堆抹平。不再徒然挣扎——
那颗原本在身体里的心，现在贴着
海面飞行，如海鸥上下，自行其是。

旷野美学

火车疾驰时所见的旷野，
有着恋爱的意味。三两株杨树，
展开遂成杨树林——如同我
在语言中感受你。在天黑之初，
感受晚风是一种物质，头伸到车窗外，
看到天空由蓝变紫，而后我
希望自己是世界。可能每个人
都有这么想的时候，
称自己有一颗椋鸟的心。

称得上爱

我们计算长宽高的方式是
不对的进一步说突出我们所看到的
世界的一部分是不对的。异于
我们所知。百香草丛中的球形花，
沙砾间，什么动物的楔形爪印，
戴着沉重银饰的
乡村女孩的欢叫（与其他部分
密不可分）。像撞到我们身上来的一个人。
总是感觉不止一个人。

雨后心境

雨后，我学会了辨别忧伤，
它是哪一种以及它的根源。
我想我可以接下来读读书，接下来
想想某些人。雨这么好，为了所有人。
充满灰尘的一团冷空气，旋转旋转，
而后，停下来。总得停下来。
我洗好茶具，等待约好的来客，
在屋顶很高的房子里，有节奏感
的声音很纯净。耐心很清晰。

留恋篇

一天下午，在楼梯上，突然我感到
整个右腿麻木了。我掩饰着伸直它，
举足迈向下一级台阶，不让旁边的朋友察觉。
朋友啊，我们还拥有多少美丽的瞬间和还剩下多少？
五十岁，无碍于存在，但对存在是一个警醒。
曾经四十岁也是，却不被注意（尽管比起
盲目示爱的二十岁，我更留恋我的四十岁）。
在世界另一端，墨西哥人，按照候鸟模式设计出亡灵节。
他们自己还常常化装成亡灵，以此演示来去无虞。

停留

田野里有那么多
诗人喜爱的意象，
而我认识的诗人都那么悲观。
有龙舌兰和高大栗树之墙的春日，
像痛苦和甜蜜专门围绕我而建的石头建筑。
同样的情形：图书管理员在图书馆；
惧怕变化的老人，被养老院孤立起来，
因其珍惜“这里的”，
不允许有物被移动。

状态

“我看”且“我触摸”，
直到肯定为止。
忘记无益于身心的知识，或觉察
哪儿的构造和比例关系不对。
在水中，反复擦洗一块石头，
我对自己说：这真的是石头；
爬上一株山楂树，找到
若干颗山楂：肯定这是山楂树。
无疑，我也在这里。一直匿名。

雪篇

我们需要依附。而雪无疑
是最好的。有一种同一性，
从未被表达过。
山石和崖树，我们本可以
用全身去感受，并借助它们
记录我们来过世界一次。
在雪中，也有失忆的危险，
白色反射：直达山顶的、休克般
的寂静。但四周没有我们。

山间诗

黄栌、银杏、红枫，沿山脊
逶迤而列。白翅鸟群翱翔其上。
原先一直想不明白的事现在想明白了：
心中某种辽阔的东西
不是宁静、仁慈，而是欢爱般的
白云翻滚舒卷下的无所思。

在自然中，我自忖至少是一个
哲学家，意识到“我”和“我的”
是在一条清澈见底的小溪支流旁边。

线装的山水

娜夜

默念

我默念着一些好词
一些好东西就进入了我的身体
身体动了一下
它在表达感知美好事物的能力
当我把一些词还给词典
一些锁进抽屉
这些词把我带进了幻想……和
重温的喜悦……

白帝城

夜观星象
直到把黎明融入其中

一个普遍失眠的时代
有人数羊
有人默诵出师表
有人反复拆解着夔字的笔画
有人在天花板上临摹：万重山

观星亭
古钟高悬
飞檐上端坐着几缕清风
几个古人

看落花
听无声

安眠药里
我梦见自己
解开发辫
策马扬鞭
为把一纸赦书传给李白
叫醒了莫高窟壁画上的飞天：快 快

溶洞

无中生有的恍惚之美——

如果你正在读《站在人这边》
就会在潮湿的石壁上看见一张诗人的脸

那是一只飞出了时间的鹰　羽翼饱满
那是天天向下的钟乳

还是上帝的冷汗：冰川融化　生物链断裂
石壁的断层　似树木的年轮

所有的神话都摆脱了肉身的重量
一个奇幻的溶洞需要多少次水滴石穿的洗
　礼？

而一个诗人意味着接受各种悲观主义的训练
包括为黑板上的朽木恍惚出美学的黑木耳

如果你指认了某个美好时代的象征
你会默念与之相配的名字　思想的灿烂星空

当然要为溶洞里稀少的蕨类植物恍惚出坚韧
　的意志
为消息树恍惚出一只喜鹊

为一匹瘦马　一架风车恍惚出唐吉诃德
已经很久没有舍不得把一本书读完的那种愉
　悦了

那是绝壁之上的虚空
某种爱

头发已灰白
心中静默的风啊　什么才是它的影子

玉苍山

在玉苍山
我有过一声惊呼：我的影子

大雾弥漫的重庆
我已经很久没见过自己的影子了
而在我生长的西北高原
这是多么平常的事

万物有其影
我有失而复得的喜悦

我是一个有影子的人
——在碗窑古村落的戏台上
我走着碎步
甩起撩袖
用戏剧的唱腔继续念白：
在西隐禅寺它又回到了我的身体里

读书日

那时候
一进书店就心慌
人生也不知如何
是好
那时候
书店不大
书封朴素
每一本书都好

现在平静
许多书不值一读
缠着烫金腰封仍不值一读

所谓的人生
也不过日出 日落

我的诗集一定要越出越薄
去掉硬壳序跋
白纸黑字就好

斯古拉

斯古拉落雪了吗？
落了
小小的沙棘果就熟了
孩子们唱：让马儿闪闪发光的树……

跳下云朵
努力返回故乡的长尾鸟
在童年的溪水中看见自己了吗？
看见
它就老了

斯古拉
每一个生灵都有来世
每一条溪水都来自前生

当我们靠近
用胳膊遮住笑容的吉姆奶奶
她的四颗门牙都补上了吗？
补上
草原的笑容就露出来了

寂静啊
在斯古拉
你有没有来世变成一块云朵或一座雪峰的愿望？
有
你的眼泪就下来了

来自缙云山的邀请函

唯有自然不会让你失望
唯有自然

来吧　带着你血液里的大漠孤烟
和你身体里那个在沙漠上种下：树
的九个笔画
每天去浇水的小女孩

带上敦煌就要干枯的月牙泉
和玛曲草原把湖叫做水镜子的拉姆奶奶
她笑起来多么美：
活着心地洁白
死后骨头洁白

来吧　带着你永不疲倦的诗人之心
试着叙述你看到的　体验到的　为之动情
　和失去的……

书房里　你的眼睛老花得越来越厉害了
一些词开始模糊
一些已经消失
你的写作变得艰难了

在书房里丢失的会在草丛中找到……来吧
自然比社会好看多了

像我们做了　却没做好的一件事
一只蜘蛛来了
我拱拱手：来了
你一定是谁
我应该知道
但我喝多了酒
有些迷糊
想不起……
那是一支什么曲子啊
像一个人经过另一个人的一生
并未带来爱情……

对饮

从黄昏一直到凌晨
那是一支什么曲子
我们慢慢喝着
你豪迈时
我也痛快
用火柴点烟
风就吹得猛烈
也吹来黄葛树的花香
从黄昏到凌晨
都说了些什么？
我还哭了一会
还跳了舞
拍打空气
如手鼓
裙子旋出荷花
与此刻融为一体
又为下一刻脱出
鼓掌时
你一饮而尽
一支什么曲子

读卡夫卡

扉页上　他惊恐的黑眼睛越陷越深
里面有一座精神监狱

一个国家的抑郁史
读书人只能读书

一只甲虫　得到了时间的邀请——
在卡夫卡与恋人的合影上

保持着旁观者的寂静　我叫它：朵拉
它就是卡夫卡的棺木放入墓穴时

拼命往里跳的女人　你想起
对一个人的爱　纪念和赞美

比遗忘和诅咒更好　我叫它：因果
它就是石器时代的萤火虫

对人类万家灯火的想象　我叫它：汉字
它就是一首诗的可能和破绽

它给过我们勇气？ 我叫它：芸芸众生
人性的　和尚未变成人性的……

偶尔的厌世是一种救赎　我叫它：今天
它就是2017年剩下的最后一个黄昏

旧事已去

嘉陵江畔

雾起
云落
牵着一只小狗散步的女人
是欢喜的
狗的忠诚
似乎愈合了人的伤口里
永不结痂的哀怨　叹息

——如果事实并非如此
就是这首诗的愿望

江水平静
青山隐约
当她和小狗一起奔跑
腰肢柔软
双眸含烟
远近的黄昏都慢了下来

在三亚

远离大海
紫金花就落进了我的菜篮

飞机从屋顶飞过一次
天空就问候我一次

散步时我想
这么好的空气　我却不能替你呼吸

也不能储存
不能运送到远方

孤独就是
你又重新喜欢上了自己

每天减去一餐
一斤二两重的书　每天只消化一克

万物从太阳中吸取营养
生命从死亡中吸取　一个时代呢？

睡吧　良好的睡眠来自满天星光
和心怀善念

龙门石窟

世事变
佛的目光不变

须弥台上
石佛还是一千三百年前的眼神
把一缕竹林清风望成
布衣长衫
就有了顺着伊河漂回古代的愿望

唯有河流通往古代
清朝只需道听途说
我也嫁给了汉人
历经十八帝的宋朝
骤雨初歇
每一只寒蝉都叫着柳永
满地黄花都是李清照
在唐朝
我要多停些时日
唐朝好啊
唐朝的女人都胖了
在马嵬驿 我
朝思：天长地久
暮想：有尽时
哭得像个泪人
起身时
甩着衣袖上的今生
用戏剧的唱腔念道：
这诗……就……停在这儿了

为此刻署名

不是我想要的——

一些词替换了自己
一些撑开了伞
某种力量消失了

那就为此刻署上我的名字：
书房里的自然光
烟草味
用力碰过的酒杯
比一首诗更重要的交谈
和窗外
草地上
去掉了尿不湿
从婴儿车上站起身来
哗哗尿尿的男孩
他父亲开怀的笑声……

汨罗江畔：独醒亭

你的魂灵会来此坐一坐？
从屈子祠的铜像里起身

绕过天井和桂花树 后人凭吊的
诗文辞赋 仿佛生死可以重逢

独醒亭
只有亡灵一次次返回 只有风

愿从70公里外的山路上走来叫杜甫的人
写出杜甫 血就热了 平江县小田村

他是自己坟头的荒草 断碑 那只
前世是诗人 今生依旧一身冷汗的龟趺

一条汨罗江 两个老魂灵
有时 他们同时从汨罗江起身？

江水无声
人形的伤口迅速愈合

皓月当空与天降大雪 独醒亭
你选哪一个？

屈原执手：大庇天下寒士俱欢颜？

杜甫抱紧自己散架的老骨头　无语凝噎

必定有一场大雪　需要这两个老魂灵的脚印
一场低声交谈……

一只学舌的鹦鹉告慰春秋　盛唐　舞台上的追
　光：
与天地兮同寿，与日月兮齐光

——这样的想象鼓舞着我键盘上的双手
然而——

这注定是一首失败的分行　山河如梦
谁又能写好这三个字：独醒亭

也无论你将闪电捆成多少狼毫
也无论你将舞台搭在天空之上

先生
——张澜故居

有掌声回荡在山谷
那是时间之手　还将越来越响

早安先生
你的布衫棉袍真好看

大地涌动着草香
露珠里的太阳清凉

我鞠躬　对一个奇迹：
你人生的每一步都是对的

包括在错误和灾难来临之前
让生命成为一尊铜像

现在我来到你身后　想看看
怎样背着手　会让一个人拥有

引领低矮事物上升的力量……先生
你头顶的祥云　故居的灰瓦

从民国开来的梅花
也好看

栽种玫瑰的人

一望无际的玫瑰
胳膊上密集的划痕　渗出血

墨镜才是他的眼睛
玫瑰的芬芳是黑色的——做梦吧：

用你们的脸蛋　财富　麦克风里的光荣
天空用它明亮的星星

古印度童话中：凡呈献玫瑰者
便有权恳请自己想要获得的一切

多么久远的事……我献出的吻
只是一个玩笑

仅此而已

继续做梦吧：你是我的全世界……
种玫瑰的人用玫瑰煮熟了他的玉米棒

和洗脚水……他接受了衰老

玫瑰让他老有所依 头疼医头 脚疼医脚

什么是爱情？ 他是一个栽种玫瑰的人
是卡车将玫瑰运往世界时的滚滚红尘

东湖需要一首诗吗

它需要有限对无限的感知
被我们玷污的词语获得清洗

清澈重新回到人的眼睛
想一想明天的生活

满天星光回到夜空
这古老的景象已经消失了

多么寂寞的现代
需要微风吹过水面教会

干枯的心重新泛起爱的涟漪
似五线谱上的巴赫 柴可夫斯基

来过的天鹅
又来了

鱼群 鸥鸟 愿望中的丹顶鹤
需要我们带走今天的阴影 明天的垃圾

点赞

我为灵魂的存在和量子纠缠点赞
为暗物质和瓦楞上的无名草
为我书房里两只毛茸茸的鸟
在一幅画的山水中获得了永生
为空荡的监狱
成为被大地遗忘的石头
风沙变成芝麻
为我们这一代人
所经历的……
为银杏叶飞舞着来世
成为金色蝴蝶的愿望
为重庆的太阳
但我有时又站在大雾一边
为这样的上帝：
要善待儿童和诗人
因为他们是我的使者……
在美国哈佛艺术馆
我为家乡的王道士
和流落在世界各博物馆的敦煌文物点赞
——在 就是好

弹奏

整个冬天
我重复这两小节

随光的变幻
微妙用力

这世上 有没有什么因我而改变？
因为我写的诗

几只麻雀
一地雪

余生在此

弹奏就不孤独

诗多么艰难
两小节和一生

不能这样分配：
白键一节　黑键一节

诗的结束多么艰难
琴键上只需指尖抬起

愤怒 只需双手用力 再用力

阳台上的摇椅

此刻它摇着空
那并未开始的另一种人生……

它摇过生于1953与1993的不同但
同样是短暂的欢悦和长久的空虚

这些叫声婉转或尖厉的鸟儿
无论叫什么名字　天空都叫它：翅膀

它摇着仅仅用来眺望
而非陷入回忆的阳台

花盆里的麦苗
将自己栽种到辽阔田野的愿望

从喧嚣世界退回到身体里的一颗心：
……那一夜的泪水洗净了我一生的脸

它摇过我用舒服的姿态读过的书
删除的人　这一年或那一年

只读不写的理由　哦　线装书里的山河
什么才是：从没有谁像这个人那样是那么多
人

它摇着蓝了一会儿的天空取悦时代的决心
一个阿尔茨海默病患者回首往事的企图

清明记事

我亲吻着手中的电话：我在浇花
你爸爸下棋去了
西北高原上
八十岁的母亲声音清亮
披肩柔软

我亲吻1971年的全家福
一个家族的半个世纪……我亲吻
墙上的挂钟：
父母健康
姐妹安好

亲吻使温暖更暖
使明亮更亮
我亲吻了内心的残雪　冰碴
使孩子和老人脱去笨重棉衣的暖风

向着西北的高天厚土
深鞠一躬

霍金

这个替我们仰望星空的人走了
万物都有结局
你是今天英国《卫报》讣闻中写的那个人
是百度百科上的这个人
但你是诗人向下的笔突然抬起头的停顿
最好的那一行
这一天
你让地球上的人类在同一时刻
集体问候了一次宇宙
它回复的信息
已无人破译……

第六病区

有人玩着空气
有人正把自己的影子按进一堵墙里
呼救声捂在手心里

有人用昼夜做成剪子是因为
那个叫想法的东西
就隐藏在空气里
一直剪下去
它们就不会链接成一条绳索

如果她将乱发束起
头顶正盘旋着一只海鸥
就是马克斯·克林洛油画中站在礁石上的女人：
打完这些药水
我能变成一条鱼吗?
——她替我们疯着

谎言

小鸟死了

死于雨夹雪
天上掉下一颗小星星
死于漫长的黑
另一只鸟对它的思念
——谎言近乎完美

餐桌上
我们交换着各自的谎言
被一个六岁孩子确信的目光

晨光中
他照例为小鸟捧去一碗清水
空荡荡的鸟笼前
他的小胳膊抖了一下
眼泪流了出来：
小鸟飞走了

天上人间
六岁的声音多么美好：
小鸟又飞回树林了……

六〇后的痕迹

桑克

六〇后的痕迹

真够古怪的——
你说谁呢？我说雪，
不是流血的血，是鹅毛雪的雪。
古怪的鹅毛雪。

每种东西都会留下痕迹——
馒头皮的痕迹，石头皮的痕迹，
豆腐皮的痕迹，包袱皮的痕迹……
你能肯定是每一种东西？

怀疑的面包被谁吃掉？
肯定的石头被谁剩下？
石头皮是它的女儿吗？

剧院是它家的厨房吗？

大多数人不会留下痕迹——
相反的观点出现，不是花瓶滞销造成的。
留下痕迹的也是粗糙的，
一八六七年的冬天究竟发生过什么？

他们确实存在过——
但是相关痕迹都是比较模糊的，
他们要求的意义绝对不是我们的未来，
而是他们的上午和下午。

早晨或黄昏——
具体菜品或手写家信，
门房热茶显示的茶梗是粗还是细？
风没看清就一掠而去。

真够古怪的——
其实法医从未批评过痕迹，
从未谈论过与此相关的讨论，
或者一扇通向黑暗的窄门。

略微苍老的松树，
同情那些即将消逝的活人。
同名者将被著名者覆盖，
异名者干脆不会显现。

他们的目的并不在此——
仅仅是努力完成他们的生物学旅程。
追求愉悦其实也值得表彰，
谁又能识别哪粒砂岩属于他们？

用考古或者基因就能确认——
痕迹是不是大同小异或者雷同的人生？
他们的电台接收不到你们的怜悯信号，
他们热衷吹嘘年轻时的性能力。

知道终点又能如何？
病房，老人院，或者一个意外的事故——
哲学矛盾的深渊反被一杯威士忌
制成一片琥珀色的湖泊。

他们仍旧兴致勃勃，
惦记色情电影或者候机厅里的光腿，
但是他们不动于身，只是不易察觉地
抬抬沉重的眼皮。

艾略特的生日

艾略特的生日让人想起那么多
读他的日子，而某某纪念日则比较复杂，
远远不是洋葱或者洋蒜的内部结构
能够象征的，更不是十八世纪的钟表内在灵魂
能够显示的。我甚至不能以好莱坞或者韩国类型片
阐释其中一两个细微的斑点，更不能直接以
艾略特的句子指涉它的边境地区，比如生活
是一把咖啡匙而不是一把紧箍的零件，
或者其他的象声词——嘘或者哗啦，我只能
安静地坐在工位上，提前结束袁公路的统一之战，
端详一张加缪踢腿的照片。他的长腿
高高扬起，几乎接近头部的位置……
佳乐正在重译他的《局外人》，而我到底是
局外人还是惧内人，我还是比较糊涂的。
我还想多读一点儿书，让骗子下手的时候多犹豫一会儿，
也许我就能获得一个渺小的逃脱的机会，
一个渺小的值得被拯救的良辰。

藏东西

没法子藏得更深，
再深的深渊也藏不住众所周知的秘密和反骨，
你能扮演几个盲人？
或者说你在旷野上如何才能找到
比你矮小的野草与树？

一点儿都不疼——
每一颗石子都像子弹碎屑
在肾里或者心脏里来回乱窜并且舒展着愤怒。
表情看起来仿佛平静的兴凯湖封面，
你揉搓它也不会溅起一滴水。

和任何人都不讨论，
反正也没人聆听杉树的细叶子刮过风之脊骨
传出来的私人信息。没兴趣的人
躲在背风的雪堆后面回忆曾经产生兴趣的
馒头和热水共同创作的斜门。

冷落并非针对晚年，
也针对晚霞变化的光线与色块。
袖手花楸对冷的认识并没有超过去年秋天的
一个总结，所以明年更不必在乎。
只是时间延长而已。

只是延长厌倦而已。
把时间藏在游戏的策略列表和战役录像之中。
什么游戏——肯定不会告诉你，
无论光荣还是天堂都在靴子和袜子之间的
星际航线里闪烁诡异的光斑。

试译魏玛共和国最高执政冯·蒙得阿曼阁下《较短的诗篇》

这是什么逻辑?
面对莱因白葡萄酒就应该歌唱?
慕尼黑啤酒就没有歌唱的权利吗?
计算剩下的寿命还有多少又有
什么劳什子意义? 早晨的短命露水更加无辜,
它不过是擅长隐身的技能而已,难道变成气体
就不是它了吗? 消逝的时间之中愁苦的部分,
看起来比较多,难道在犬儒的筛选下
留下的甜蜜不足以战胜它们吗?
还有,莱因白葡萄酒居然认为自己有能力
解决忧愁这类终极数学难题——还是照镜子,
看看自己发绿的衣领,看看自己隐秘的内心吧,
它为你们这些黑森林的读者吟咏不止,
徘徊不止,引来心鹿而不是心猿的鸣叫,
引来泥土之中的贵宾,在另一个世界里弹奏管风琴,
拉拽小提琴坚韧的金属弦。天上的明月,
我捡不起来你的幻影,更何况你阴影中的隐忧,
连绵不绝地排成俯冲阵形向我冲来,
降落地面的部分沿着田垄向我扑来,
和我一起聊天喝酒,喝的仍是莱因白葡萄酒,
聊的却不是困难重重的现在,也不是迷惘的未来,
而是经过筛选的昨天。此时月光更加明亮,
而星辰们却因它的镇压而减少集会的时间。
黑色的乌鸦向南边飞去,围着一株奇怪的树
转了三圈也没有落下。它们在想什么?
是因为挑剔还是因为树枝上镶嵌着匕首?
山喜欢大高个儿,水喜欢深不见底,
逼我把嘴巴里的牛肉干吐出来,
天下就能太平? 我才不信呢,
但是不信你又能信什么?

与友人书

道德已经不能提了，
那么豆腐呢？或许可以赐予
一根结实的麻绳。今天下的大雪，
给行人的兴奋感，或许可以保存到
明天上午或者下午。
书里的字句或许也能溢出来，
像陈茶一样表达自己对时间的
千万重感慨。我劝你的，
还是和信一起烧掉吧，
我会再托一个梦给你。至于哪一个梦
是我托的，请你仔细辨认。
雪地上的痕迹并非都是燕子
或者麻雀留下的，那么风呢？
你不要为难我，你就把我当作
寒气附属的微风吧。

己亥正月初二莘庄公园赏梅兼呈三哥树吉

绿萼梅可能更好看一点儿，
而红梅太肥了，和灰蓝色的远天未能构成
一种美妙的呼应。那些拍照的本地游人，
究竟是想拍下植物，还是想拍下正在消逝
而且绝对不会回来的时间？
我们在梅园里乱晃，间或谈谈国事，
谈谈中美贸易，或者在北大荒农场一起观赏
冬夜星空的少年旧事。蜡梅是用气息
捣乱的，而不是用她焦黄色的乱发。
教堂十字架从垂柳的角度望过去
也许更生动一点儿，这让我略略宽心，
扶扶眼镜，也扶扶因为花粉过敏
而佩戴的黑色口罩，这显得多少有些怪异。
在卑微的生活之中，这样的景象

又会出现多少次呢？每个人其实都看见了，
却没有一个人将它提起。

午后宴席

宴席午后开始？
有什么不可以的？有谁规定
人生是从婴儿开始的，而不是
从胎儿或者细胞？或者一个浑不懔的
中学生？午后还缺什么？
腐朽的阳光还是灿烂的雪色？
它那么平常，和上一个小时或者下一个小时
没什么区别——我们还在乎虚浮的名声
或者针鼻儿大小的利益吗？晚年的生命——
任何东西来到它的面前都会变得特别渺小，
任何东西来到它的面前都会懂得怜悯，
何况午后的宴席或者午后才产生的
缕缕微风——从酒杯里刮起来的，
从每一个路过的路人甲或者路人乙的
目光之中诞生的，但是他们无论如何不信
我们是无辜的。难道午后是无辜的？
难道宴席是无辜的？我实在不想
拆穿这里的底细——

这几天的雪

这几天的雪是什么意思？
忽冷忽热的过山车又有几个意思？
迷惑不是太多而是问题太多究竟意味着什么？
疑问句不仅包含在问号里也包含在惊叹号里，
我的语法知识绝对不能显示给擅长汇报的学生，
也绝对不能显示给越来越不能信任的朋友圈——
它甚至可以改名儿，比如罗马竞技场或者西山动物园，

或者看起来比较光鲜的综合商业大厦，
什么都有，就是没有让我倾心的交谈者——
杨树叛变就是叛变成长寿的柳树？而柳树叛变
又会变成什么？砖红色的砖头还是
暗绿色的糖果码头？反抗者游击队正在集结，
在明明知道火焰喷射器盯住他们背影的时辰——
那又能怎么样呢？从十八层地下室下降到
十九层地下室，或者干脆坠入暗河。
下面就轮到你来教教我了——怎么才能
绕过危机重重而面貌清秀的沼泽？

雨中的咖啡馆

铁活着。咖啡让人活着。
布列夫或者简单的美式。
那么雨呢——敲着铁皮顶就像捣蛋鬼。
那么敲厚脸皮的水泥顶呢？
只在咖啡杯和电影里活着——
而不是在报纸或者公众号里。你的戏，
我看过一半。是某部电影的一半还是
全部演出的一半？黑暗座椅中的
泪光是怎么反光的？它的物理机能
又是如何让位给生物化学的？
雨是冷的，而你居高临下偷拍
正在看书的某人。你相信角色
还是相信我？时间正在
制作标准答案，而空间
制造虚构的想象。年轻人不值得相信，
中年人更不能。而你父亲正在药品中
施展智慧的校对才能，雨声——
鼓声——正在相互混淆——
枪声更像你母亲。我们在一起的天数
没多少，但是潜台词的篇幅
却多过《追忆逝水年华》。没人

望向窗外，但是耳朵收音杆
却在邀请潮湿的水汽。威基基冲浪那次
是哪一年？我们坐在这里，
浪费了太多太多的华年。

郊游中的黑天鹅

认知引起的各种混乱，
被黑天鹅瞬间纠正过来——
它们竟然那么活泼，在手机照相孔后面，
使劲折腾自己细长的脖子，
而白天鹅竟然一律待在水中的孤岛上，
漠然看着黑天鹅与人类的
奇怪交谈——如果这不是亲眼看见的，
我怎么敢相信黑天鹅竟然这么
沉不住气，仿佛某些知识分子，
仿佛某些传说中的工人——
修改甚至篡改回忆并非白天鹅
独有的本事，而黑天鹅的秉性
完全被它们的黑色外套误导。我说这些，
只是证明郊游仅仅是郊游，而不是形势
或者形式修辞代表的内涵，
正如黑天鹅的红嘴并不代表它们的心
也是红的，而白天鹅的黄嘴与黄色的
真正关系又是什么？暴马丁香
传递微弱的香气，而塔头湿地
因为水的流失而濒临结业的
危险——警戒线的杂色布条搭在两树之间，
拦住一探究竟的青年。

雷声

雷声说收就收了，
但红锤子还蜷缩在安娜的腿上，
背部雀斑仿佛记忆存储器，
一旦开动就会下潜到
长发的火车之中。你在隧道里对我说的，
我全都会转述给拉链们，
但是夜灯暗示的我却没有记住。
它在安娜的唇上飘忽不定，
就像受惊的小耗子，从车窗看过去，
显得比那年冬天的雪粒还可怜。
雷声把白牙龇出来，
雷声把白舌吐出来，
还有一顶红帽子，带硬檐的，
我一看就知道它不是安娜的，
但我确实没兴趣和街头艺术家一起
玩捂眼睛猜我是谁的游戏，
也没兴趣扫描高速公路闭合的年轮，
我在笑话的碎片里，盯着安娜棕褐色的
丝袜浮想而不联翩。

装草车

草捆堆在路边，
尽可能靠近双轮马车。
我和父亲手持草叉，
叉尖灼热似火。

开始是我站在车下，
叉起草捆，递给车上的父亲。
他的铺排技术远胜于我，
拍拍打打，井井有条。

我将草叉插在草捆正中，
然后画个弧形举过头顶。
偶尔草枝刮到脸上，
又干又硬多么无情。

草堆越来越高，
仿佛金字塔即将竣工。
父亲下车，把我托向车顶。
收尾工作同样光荣。

我挥舞草叉砸实草捆，
父亲甩上来一捆麻绳。
捆捆绑绑，一切随之结束，
父亲抽着烟，准备起程。

我把草叉塞进绳中，
眺望旷野还有青灰的山岭。
忽然一阵冷风迎面扑来，
浑身一阵快乐地颤动！

不言不语
干了整整一个中午，
原来就是为了这风！
为了这点儿片刻的放松！

意义就是这么渺小，
不必考虑更深的尺度。
再狠的炼狱之舟也会驶过
草丛中无聊的灌木。

在夏天

在夏天计算夏天
胜利的概率会让鬣狗笑话的，

好像秋天和冬天从没有
赢过似的。零食对这样的
游戏相当厌倦，但是卷尾猴
显然对鸽命与打油诗具有更高超的
认识，他把身份证交给鲭鱼预测
显然是幻境阴谋的一部分——
显然吗？帆船的影子
重叠在核动力潜艇之中。
如果调整焦距，谁又是
谁的影子呢？大麦町犬蹲在小区门口，
嘲笑向它伸舌头的孩子——
你们才是零和修道院，才是
从雨伞边缘被甩落的水滴，
盘旋着飞向炼狱，送给你们吧——
乌鸦戴着铁皮面膜防御
精明怪物的偷袭。

夜航机

趁你不注意，夜航机
再一次拐弯，库页岛或者阿拉斯加，
路过的城市在黑暗的包围中，
但他们觉得自己幸福。

罢工给他们增加麻烦，
如果烧一颗洋葱他们还会这么心安？
不可能。他们挥动钢钳，
趁机报复邻居借酱油不还。

他们整体大步后撤，
却在讥讽甚至轰炸前线的将士。
当编织的图片扭曲机场的氛围，
谁还顾忌防御者的悲欢？

我们继续集体的航程，
心中的目的地小声抗议着鸟鸣。
回忆让我们拥抱快乐的锦囊，
同时痛悔当初的疏忽。

无所谓惧

以前还怕，突然就不怕了，
也不知为什么，就像不知为什么不能
吃辣椒了，不能抽烟或者睡觉了。
花楸结着橙黄的果子，证明秋天
确实提前进攻了，而没构筑防御工事的人，
哐哐打着喷嚏，还没来得及从兜中掏出来口罩，
飞沫就飞散了出去，震得肺疼，
震得脑仁儿疼。疼也不怕啊，
因为怕没用，好像今天中午的雨，
不需要被批准就哗哗下着，
或者哗哗捶着房屋与地面。
人们惊恐地躲在屋檐下或者窗户后面，
怜悯或者骄傲于那些在雨中逃窜的人。
事情就是这样，常识就是这样，
把这个告诉隔壁工位的同事，能听进去多少
就算多少吧，在奔涌的长河中。

云泥九章

陈先发

1

铁轨切入的荒芜
有未知之物在熟透
两侧黑洞洞的窗口空着
又像是还未空掉，只是
一种空，在那里凝神远眺

在“空”之前冠之以一种
还是一次？这想法折磨着我

在我们的语言中
“一次”中有壁立
而“一种”中有绵长

没人知道窗口为什么空掉
远行者暗自立誓百年不归
火车从裂开的山体中穿过
车顶之上是漂移的桉树林
雨中的桉树青青。忧愁壁立
忧患绵长

2

蓊郁之林中那些枯树呢
人群里一心退却
已近隐形的那些人呢

窗外快速撤走的森林让人出神
雨中的，黑色的
巨型森林单纯专注如孤树
而人群，像一块铁幕堵住我的嘴
我听不到自己的声音
看上去又像我从不
急于回答自己
几个小时的旅途。我反复
沉浸在这两个突发的
令人着魔的问题之中

以枯为美的，那些树呢
弃我而行又永不止息的那些人呢

3

塔身巍峨，塔尖难解
黑鸟飞去像塔基忽然溢出了一部分

黑鸟在减速的
钢化玻璃中也在
湖面之灰上艰难地移动自己
湖水由这个小黑点率领着向天际铺展
直到我们再也看不见它
冷战之门，在那里关上
黑鸟取走的，在门背后会丧失吗

当高铁和古塔相遇在
刹那的视觉建筑中
数十代登塔人何在
醉生梦死的樱花树何在
映入寺门的积雪何在
我只剩这黑鸟在手，寥寥几笔建成此塔又在
条缕状喷射的夕光中奇异地让它坍塌了大半

4

高铁因故障暂停于郊处。一种
现实的气味，一个突如其来的断面

石榴树枝在幻觉中轻柔摆动
风的线条赤裸着，环绕我们

小黑狗恹恹欲睡
旧诊所前空无一人
暮光为几处垃圾堆镀上了金边

没有医生，没有病人，没有矛盾
渗着血迹的白衬衫在绳子上已经干透

我拥有石榴趋向浑圆时的寂静
我的血迹，在别人的白衬衫上，已经干透

5

旷野有赤子吗
赤子从不来我们中间

瞧瞧晨光中的绿蜻蜓
灰椋鸟
溪头忘饮的老牯牛
嵌入石灰岩化石的尾羽龙

瞧瞧一路上，乱石满途而乱石自在
紫云英葳蕤而紫云英全不自知
轻曳的苦楝，仿佛有千手千眼

它们眼底的洁净、懵懂
出入废物箱的啮齿类动物

它们眼底的灰暗、怯懦
全都是我们的，不是它们自己的

语言拥有羞辱，所以我们收获不多
文学本能地构造出赤子的颓败
我们不能像小草、轻风和
朝露一样抵达土中漫长的冥想

车厢外，这些超越了形式
的身体炙热、衰老、湮灭
这一双双眼睛周而复始

这些云中
和泥中的眼睛

6

那个孩子坐在土中做梦
看见自己和一个小伙伴在荒山夜行
受到惊吓，把手电筒扔出好远

手电筒在满是大石头的坡上滚动
喷涌的光柱胡乱切割着春夜的
黑宝石。棱面上折射的光令他目盲

他死之前，我最后一次到B地看他
生意上的接连挫败让他病体枯竭
我坐在那儿陪着他
给他讲述一座座荒山的名字

我知道光线已不在我们手中
躲在墓碑后出汗的身体，再回不了体内

会有一股稀有的蛮力
把我们吞入曾经的那个壳中吗

在那里，吮吸黑暗。旧电筒之光在
大石头中兀自滚动。许多年。凝成那诗句

7

在密室中听她唱歌
为她拉上厚厚丝绒窗帘
写了三年，只唱一次。说罢她就
把涂抹着词谱的小本子烧掉了

我坐在慢慢升起的椅子上听着
脑中有朵孤云
静静悬在那儿

歌声像泄密的沙子堆满了走廊和
贮存白炽灯、古籍及冰块的书房
很奇怪，我从灯罩下的淡淡阴影
而非她的喉咙，从她灰鹤一样
的细脖子而非她的美貌中
获得了满足
那歌声攻击，又压抑，在四壁回旋

你好，回程中的春雪
你好，伤口
孤云多年闲挂着
她从未触碰到那儿

8

路灯照着一小块扇形
的雨点，幽灵般闪亮

大部分旅途是黑暗的
运气好时
有个一言不发的邻座

钥匙开启某些东西
有些眼睛凉下来
看见困顿又静谧
的雨点
坐在，另一些
雨点之上

雨点剥开
几条肮脏街道的生活剥开
灌木从上拂动的白塑料袋犹似白绫
一些名字野狐般失踪

我曾有怎样一双眼睛，现在不在了
B 地依然不可知、不可测、不可控
接下来还有糊涂的几十年是

四海一家还是独守
一隅，没人这样问过我

9

木门在夏季暴雨的击打中变形
父亲每次进来，先得狠狠踹上一脚
门外树梢的月亮越过他的
肩膀一下子抵到我的额头

这是我对月亮最初的印象
基于它呈现的苍白和虚无
我们在此失去的可能更多

父亲死去十一年了
我竟然一次也没梦到过他

不悬于任何一根钉子的月亮
不依靠任何事物而成的恍惚
滋养着我们慢慢对应
写作最深的迷人之境

是逝者伴随我们完成从
A地到B地的徒然迁徙
父亲高挂于途中任何一处

干干净净的风吹着
我们从它的空心一次次由云入泥

弹奏

雷平阳

弹奏

在老虎背上放了一张琴
老虎也乐意听我为它弹奏一曲
但我，顿时失去了常态，不知道
弹奏什么曲子为好
最终什么也没有弹奏
就在老虎背上放了一张琴

制烛

在烛盏内的蜂蜡里插入麻绳灯芯
点燃之后，微黄的光亮中
他们继续制作蜂蜡和细麻绳
割蜂巢，火熬，剔麻丝——每一道工序
薄伽梵说过，在蜡烛形成之前都需要
苦心的研修，且没有哪一道工序
可以单独完成功果。在此期间
还得有一个人，按时往烛盏添加
或新或旧的蜂蜡，不时用竹针挑直灯芯
如果黑夜延伸了长度，夜风一再
吹灭烛火，研修遇到了不可视为业障的
魔障，他们就会转移到存藏蜡烛的地下室
一家人围着豆粒大的火苗，低头
干一些用塑料封蜡、装箱之类的活计
悲观，但又保持了光明的沉默

抱着一捆稻草去见上帝

“抱着一捆稻草去见上帝”。寓意
有两层：一层是说
手中只有一捆稻草
见到上帝我也不会感到羞耻
另一层：一捆稻草，没有什么价值
但在我的眼中，它仍然结满了
星星一样的，保持着大米本质的谷粒
而且它们永远没有枯竭的时候
我要把它抱去天堂
现在，这一捆正准备抱去见上帝的稻草
寓意又新增了一层，也就是
回到其本义之上：除了这真实的
一捆稻草，人们两手空空。去见上帝
手边仅有一捆稻草，弯腰抱上了它

鸿雁

画一根直线，需要精确的
无穷的想象力
例如：至今没人能在佛陀与基督之间画出
一根直线。也没有一根直线出现在
李白与月亮，哥伦布与印度，我与昭通
之间。鸿雁，一群比喻“劬劳于野”之人的
折返跑运动健将。在远，在空
它们一直生活在天空的一根直线上
但它们所画的直线两端，没有产生宗教
而是矗立着天空的两座斜坡
我的测量，坡度为三百六十度左右

众我

孔子的我痛击
庄子的我。狮子的我每天嚼食山羊的我。
和尚的我拒绝与神父的我共用一颗心脏。
此我刚在大观楼下的波涛旁边
安然入睡，彼我开始在梦中制造炸弹……
——众我之中，尚无一个我，
令众我听命于他。这一场内乱，
他们，长着几十个脑袋的我，还在为
个人自治而荒谬地搏命。
像一群禁闭在悬崖上的中世纪的幽灵。

什么

走了那么久。一天的路程
走了五十多年。见到了什么？多数的葬礼
均是死人在埋葬死人。听到了
什么？大海的波涛上
轻轻传来安宁的脚步声
想到了什么？橄榄树上
长出了野橄榄的枝条，我想是其中一枝
被遮住的，还没有结果的那一枝

今夜

今夜，世界在我身上
提灯外出找人
今夜：一头白老虎。唯美，骄傲
出现在昭通府一位僧侣的书中
始终与作者保持几公里的距离。但它后来
还是被饥饿的人士所屠

作者说："我在昭通，弯着腰化缘
没有看到过，没有被虎血染黑的石头。"
今夜，我学会了屠虎的办法：从几个方向
围堵它，让它逃进一个天坑
然后再用箭或枪射杀它

在阳宗海看戏

烈日之下，铁铸的几十个人站在阴影中
醒着但进入了睡眠。树木真实，在减少中
依靠在影子身上。各自立定，稍息
像困倦却又神经质的岗哨
"寂静为何冲天而起？"
"因为寂静四分五裂！"
讲话的人藏身在石碾子中，他们的对白
有如乌鸦飞行于子夜。街头的小庙
多次进行翻新，比破旧更接近破坏
也更加败人胃口。那正在上演的村戏
出场的角色，一个个全是厉鬼
从另一个世道，对着人间挥舞刀枪
恶语训斥，诅咒，令假寐的人忍不住
频繁举起盾牌，或将羞愧的泪水
用来泡茶招待异乡的客人。我引身而退
站在庙门外，把手里的茶杯不安地放在
石狮子的背上。"尔等作恶离开，
吾箭直追背影！"脑后的戏文尚未唱完
铁弓已"嘣嘣嘣"响了三声。我闪身躲过
斜靠着石狮子，看一个驼背老妪
怀里抱着一束荷花，从发光的水泥路上
转入另一台村戏的观众群中
那儿有高高举起的狮子头
那儿有边界这边热烈的欢呼声

在弥勒县

深夜。几十个人朝着山中的湖泊
倾力挺进。路边的板栗树、核桃树先于他们
想象到了水光、蔚蓝与无知
他们弓着腰，头颅压到脖颈之下，肩头的木
　架上
担着一尊沉重的弥勒佛，也担着几十公斤
落在弥勒佛身上的皮肉一样的尘土
他们准备把弥勒佛，放到湖泊里去清洗
这事与信服、敬畏密切关联，也极端
容易走神。一群莽夫
不知道佛身会不会失去控制
沉到水底，不知道他们在水底
将佛洗干净后，还有没有蛮力
神奇地将其举出水面，移到岸上，天亮前
又将其扛回县城。他们一直在黑暗中
干着这种没有把握的事，不仅在弥勒县
也在其他县。一些人站在水中抬着偶像
一些人用铲子铲掉垢块，再用猪鬃刷子
小心翼翼地擦洗着笑容折皱和大肚子折皱中
每一丝的污物。担心一点儿的疏漏
也会得罪和葬送未来。此世的反常之处
就是对未来层层设防，对现实则采取
苛责与丢掉的态度。高速公路直通遗忘
山峰在跳高。所以他们不敢把水声弄得太响
返程路上也放轻了步伐。但湖泊管理局
守夜的职工看见了他们，并这样
描述他们："那是一团黑影，它们沉郁地吆
　喝着
剧烈地喘息着，巨石一样滚滚向前
好像野鬼内部发生了一场搏斗！"
事实上，他们喘息，但没有吆喝
没有将所干的事延续到白昼

孤岛上的教堂

水面平阔、柔软，公主所能想到的
最能让自己与水手交欢时发疯的床榻
它与拱曲的海岸线——自由的边陲
——解除了扰边与弹压的稳定关系
理论上的死角，航海家葬身的地方，仅存在于
诗人所在的礁石那潮湿、布满了虫沙的底部
“我乘着小船前往孤岛上废弃的教堂
船已经倾覆，但还以另一条船的形象行驶在
海面。看见大海和天幕的不受拘束
小船，教堂，岛屿则小如三张舞蹈家的脸。”
两位旧社会的诗人，背靠着背，像极了
决裂前最后一次交流的两个海洋深处的
小国王。此人朗读了几句，说他年轻时读过的
一首诗歌，结尾之处来了这么
一句：“当我站在教堂中央，大海中
只剩下一尾金枪鱼，孤岛上的一只萤火虫
灵魂被海风卷入了夜空。”大海很少纵容霸权
沉船里关押的小国王，人数多过了
现在那些名字拗口的王国的民众。寂静与澎湃
当海水涨至肩头，精心修剪过的大胡子
肥硕的乳房，全部被泡沫占领，它们
仍然是大海的财产，不会变成人的可以增减的
赎金，或者意志。他们谈论着诗歌，统计着
自己尚能运用的名词还有几个。他们为自己诗歌中
只能反复使用某几个动词而痛不欲生
为自己在无人的孤岛也只被许可朗读死人的诗
而非自己的新作，用拳头猛击着脑袋
谈话中的虚虎与实人，叙事中的桉罗树
抒情时代的远航，他们一一避开
暮光将至，燕鸥在潜水捕鱼，以防在漫漫长夜中
因饥饿而丢了性命。他们这才在夕光庇护下
移步至教堂。的确存在过教堂，正如水面
存在过船帆，灭顶之灾可能对少数的僧侣或水手
网开一面，但不会轻饶教堂、船帆
那向下沉沦的废墟上，短树犹若一群跟着海风
奋力冲刺，心跑远了，身体却留下来的驼背老人
彼人迎着风，狮吼：“他站在教堂遗址
目睹阳光下的巨浪，就像人手一个火球
猛扑过来的大军。令人无处躲闪，他遭受了
一万个士兵对一个道士的致命一击……”
彼朗诵的，也是一位死去诗人的诗作
自写的挽歌，在上诉书里可以作为警言
此望着彼，担心他纵身一跃而自己
必将紧跟着纵身一跃。可怜的两位诗人，他们
颓废地坐在遗址的石柱子上，接受了
落日与星空的共同引领，目光逐渐转黑
他们的屁股下面，石柱浮雕中的约伯
怀里抱着两个残缺不全的孤儿

边疆

车前子

西园一章

在里面狠命地吸，
快乐不短，拔出成滴冷血。
大地上许多迅疾的动物，
来自人的傲慢。

珍珠

贝，人群聚集的面包；
壳，壁画脱落的面包。
在山顶，我们吞咽海洋——
它已搁浅，
驮着一船沙子。
距离：宽容于早餐、
晚餐之间的山路。

抓住尘埃的面包。

一只被深蓝油漆未干的面包，
掰开大陆，
淡绿玻璃瓶中神游，
仿佛夜行，那滴橄榄油，
天上日光扫来，
你是珍珠。

北方农业

它的作品包括高粱、白杨、老白杨
及其小白杨。它的作品，
以荒芜最具影响力——风景
最伟大成就：
马上就要
刮风。
在空洞的眼里此刻
无物会向播种者
送我一只燕子玩玩吧。

影壁

出一口气，恶得，
舌尖泥土堆到上颚，
金字塔做金字招牌呢，
还是絮叨之中应接不暇？

彩虹掉水里触电，
痉挛着浑身脂粉气，
肥肉这么干净，
以致恼怒在铁锈。

——

它追你像骑你头上，
颠簸黑发，
布置矩形，固执又轻佻：
铁路旱桥封闭——我们的告别。

出关，道德难以申报，
体谅的躯干间附体为赤壁，
晚霞贪得无厌，
而一头白犀牛转账成功。

——

碰巧，彩虹掉水里，
恰好洗洗干净，
装在肋骨的镜子，
雷声让它喧嚣如旗！

出一口气，
她腋窝，
豹子和绿雾飘来飘去，
隐蔽两个野猪林。

俘虏

猫回到你的童年：生病。
经常生病，下巴瘦小
如食指，涂着从林，理智一点，
句子笨得，主宰天空的土著

学习造船，学习
给猫拍片。在X光帮助下，
你发现，不，杜撰
失败的情敌——以情为敌，

雨在道路上做完流程，
洪水泛滥，学习
念出宠物医院名字以及
我是受到优待的俘虏，

可以在不为常人所知的囚室，
锻炼身体，增强记忆，
养三只猫，有一只粉绿，

和一只薛定谔的阉猫。

幼女偷袭了我们。

无尽夏

这块地多好，
倒过来是背，反过来是胸。
或者酱爆猪肝或者水煮腰花，
响油鳝丝和草头圈子。

不是吃素的在池边
沿着煤气灶奔跑吧姐姐
晃动树梢的园丁山区
从装裱叫声里

红腿毛剪刀。生菜叶。
赠予石灰，她就绯红；
赠予醋，她就蔚蓝。
给你祭品：树蛙是我的李小龙。

鹤
没想到你的后面这么丰满。

本质上讲

本质上讲
嗜睡与农业，与烈日
共同拥有
长着狗脸的羔羊，

无感地从薰衣草上抬头。
对长着狗脸的事实，
羊妈妈讳莫如深——它的

赴宴

你绿色的脑海。
我在眼皮上树立二十座绞架，
可以邀请每个浪头。
大水似乎在夕阳的窗户上，
波光粼粼，击碎西瓜，
在盘中。端上——哎哟！
我把自己端上，
谁热爱这样的肉？可以邀请每只燕子，
割下一截烟囱，
让浓烟滚滚的布袋带走，
给面目不清的翅膀两枚婚戒，
富翁闭门，穷光蛋赴宴，
历史老人言道：
“彼此之间需要冷淡，
才能熬过长夜。”
但大水似乎永远在夕阳的窗户上，
你绿色的脑海，
吃多了菠菜。
而我的儿子，比我渊博。
宽边的宇宙盘，
愿它是颗静止不动，已经，
祛除国家斑点的中心鹌鹑蛋。
而我的儿媳妇，有一世属于外星人。
前年，大伙儿抢劫月亮上的定时器，
就在眼皮底下。

尘埃

用手电筒，校长，
晃亮了我：
“你0分。”

（从0开始？）

再也没有机会参加考试——
下着雪，面孔，
受潮的饼干。
下着雪，他的面孔，
发黑。

用手电筒，星空……“及格。”
再也没有机会，而朋友再也没有机会务
　虚——
宇宙不打算留住孩子，
它只稀罕尘埃！

烈日

被一株薰衣草
窜
改——为天空下的薰衣草，

她要来这里。

活时候，
正在残害
可以挖掘的近亲；
夏季裁决之地；
裁决之地；
我的毁灭代码

被一株薰衣草

窜
改——为神

出鬼

没
有的紫，
她要来这里。

南方丑角

扯篷后湖风到了肥胖辈分，
芦苇水里提炼出青春
美丽的薄荷糖浆，
连苦艾也清冽，受罪的样子

多喝一袋奶，成长假如长成
腰际过于国际
化作没有线性的种子留下
拍电影停电，而童鸦

微黑大牌打到“J”
的变形记——从不读书也要变形：
绿外套推出两只手融洽兰花
燃烧的喜来登

鹊，奢华的井中
在管子里叠罗汉，语言不够用
因为语言羞涩不愿多说话。
开口石头就涂满金色，

就不咯噔，

在不咯噔不孤独的石头上
当头一棒，
命门欲望之外裂开羽状笑声

消失在伦理
无穷无尽的鱼虾中。
堆在码头上发愁，也会发臭，
世界比世界小得多，

时间呢，不知钟表
是它经纪人，
节假日去看焰火胸脯被挤得啪啪啪
作响尾蛇——

我拿走她的尖叫，嘴
张大那里。
世界在南方端正了不少丑角，
五颜六色，俗气沉默

有时扎入蛇皮袋里湿润的浓雾，
泥潭滚动，
身披尖锐光影，
加倍努力的一天，

搅乱人心，在胸口看见涟漪。
芦苇水里提炼出青春
美丽的薄荷糖浆，
啪啪啪，被挤得语言不够用。

风景前面的时候

在山头，蓝天直接扣进胸脯，
那些泉水已经忘记
肚脐的深度。

水库：
恶疾。它也能慢得无影无踪。
而夜晚，到处激流的叫声——
像汽笛，
好吧下次，
好吧下次。
不是死亡都会经过有生之年。

我们和他们

小海

我们－他们

这世上你离开已久
人世间他们无所归附

你的你们
他的他们

我行走在铁路沿线
他们聚集在无树的街头

建立一个人
摧毁一群人

雨下在高地和沼泽
阳光落在幼鸟和往生者身上

我的我们
他的他们

情人节

一切皆有规律
从最初的眉来眼去
到最终的合欢

这精彩的游戏
一个重要的方面

在于双方都要假装
假装在无辜激情
驱使下的孤立无助
每次的试探与进攻
每次的默许与拒绝
都属于将这场游戏
推向高潮的必由之径

这样的游戏中
女人有时是捕获者
她对对手有一点轻蔑
也许是作为征服者的
无论那男子
多么老于世故
多么小心谨慎
结果将会是一样的

可是对女人来说
这样的胜利并不完全
因为一旦
曝光了自身的秘密
继续操纵对方的威力
也会逐渐丧失

但这全部的步骤
也并不比一支
小步舞曲的舞步
来得更加可笑

热爱

我们热爱战争
给我们带来的东西。
我们并不真正知晓
为什么会自身在这里，
我们发明自己的目的，
又发明远大的目标和动力。
关于爱和权利，关于暴力，
陌生人、眼镜和回忆录。

然后，突然，我们走了。

冰

冰淇淋，冰的一种意义
确切说，冰的某种窘态

某种形式的抵达
冰，若以江湖水为目标
便难以接近
抵达，只是迂回

冰，或者
专门用于时间
相遇是一种延时反应
没有枝头鸟的反应迅捷

冰，就是一种开端
比如，直视太阳
某种外围的折射
却非深眠

冰，还是醒着的梦呓
一种开始的困倦和天堂

在所有时空（所经之处）
都有尊崇或与之绝交之人

以缓释压力的办法
等待开春
在反对者之家
爱斯基摩人的冰屋
已经筑成

愿景

他要不冷不热的季节
他要不温不火的太阳
他要不贵不贱的房子
他要不高不低的椅子

他要恰到好处的工作
他要乖巧懂事的儿女

哦，这一切刚好发生
在他不老不小的时候

下雪

这是来苏州十多年
下得最大的一次雪
有大大小小的交通事故
郊区塑料大棚被压塌
两对情侣困在穹窿山顶

读康德哲学解读
讲他的一生未娶
钟表般准时的散步
他的父母、音乐、手杖
和同代人的有限交往
如果要听他的流言蜚语
我只能沉默相对

想着因雪受困的本人
确实没有任何事情发生

遗忘

犹如失去的禁闭之夜

一辆机车
从后面打开罩盖
开放的近岸芦花
并不引人注目

夜鹭撕开湖面
星星躲在水底尖叫
夏日水果们
纷纷滚下环岛公路
返回桃花源仙境

西山的庙宇
带着海市蜃楼的冷艳
从太湖中升起一个
执拗、骄傲而清晰的古代

预兆

一个在床上，一个在沙发上
一个在夜晚，一个在下午
两天，做着同一个梦

仿佛枕头后有岩石缝隙
呲呲的蛇信发出一阵警告

一个人指着我说
先有想要的东西
才会有得到的东西
他说你那儿下雪了
我说你怎么知道
积雪消失得比雨还快

我重新组织起第二个梦
之后将它拆了又织
最后剩下一堆乱麻
不断地拆，不停地织
又深入第一个梦中
忙碌许久却一无所获

相同的一个噩梦
有什么深刻的寓意
似乎这不是一个梦
而是一次灾祸的预兆

灵岩山

燕子
会从前山的门洞里
穿过去

只要你雨前
再来

生活

儿童时，从书柜发现这本书
他只匆匆翻到了结尾
主人公成功封圣

青年时，他从书中
发现了女性与淫荡的字眼
以及激情和英雄事迹

老年时，他知道
那场伟大的进军和胜利
其实是惨败和灾难
那些清除的绊脚石
已在脚下摇动
浮出地面

沿着书脊返回童年
毁灭世界的词语集合
却找不到最初的生活版本
那个百无聊赖的下午
那些倒背如流的段落

平庸、枯燥
自动放弃了魔力
翻开的书页中飘满灰烬
和人类悔恨的泪光

练习赛

在快到终点时
遇到一个熟人迎面过来
我立即收住脚步
扶着就近的一棵树站定

屏气凝神，装着轻松的样子
我的脚步踉跄
大汗淋漓，脸色很差
但每个熟人都像教练
碰见他们，就得强打精神
屏气镇静让我胸闷
要是再遇上什么熟人
眼看着我就要背过去了

行止

我认出来，这还是
昨天的一家六口
午后散步的人过后
就是树阴下长长的昏沉

两只大的，带着四只未成年小鸭
上岸，想象中的冒险、恋爱、孤单
都没有，昨天它们从同一水域
游来，丢弃芦叶后折返

看着我们，它们好奇
什么也没有，没有面包屑
至于漂泊和迷茫
未必取决于这一日的归宿

露天电影

六岁的时候
他跟一个邻村的小女孩说
昨晚上和谁谁谁
我们走了一晚上路
去看露天电影
赶到那儿的时候
星星不见了
公鸡开始叫了

可是，小女孩
打断他的话题
表哥在桥上见到你的
根本没有电影的事儿

太出乎意料了
想象中的电影没伤害谁
反而带给他许多快乐

这不能算是彻底撒谎
他确实想看场电影
尤其是骑在大人肩上
所以才编了这个谎话

一个六岁的孩子根本分不出
幻想和谎话之间的微妙差别
连电影里的大人物也分不出
何况是他呢，小女孩更不会知道

一生

童年，梦想有母爱和玩具
填满每一刻

青年，期望
爱情、历险与异乡

中年，不断放空
其间，充斥

含混不清的自我

他观注的每个瞬间
剩下的越来越少
近似于一种虚无
并终止于某个瞬息

反抗衰老

要更不相信人：

马匹、面容
驿站、荣耀
书报、赞誉的目光

大海、孤岛
亲吻、夜晚的飞机

从更低、更远处
向我攀登

空山

伤水

买瓶墨水写信

为一封信，我将建立一个邮局
——多年前我这么写
事实上我得建立一个邮政网
才能传递一封写得比花开还慢的信
案上没有信封，抽屉没有信笺
好些年没有买瓶墨水了
网络年代消灭了书写、纸、硬笔
绿色制服、车铃、邮票
横撇竖捺，画得出一个亲人的呼吸
一个友情的暴跳、流泪或平静
墨水分解的人生、藏匿的秘密，甚至
一句“你好”的问候
都是生命中古老的慢，品茗焚香的品位
用饭粒缄封，也有旧锁的谕示
一封书信，可以传递得比冬天还迟缓
把守望无限延长
雪花从天空一直写到大地
洋洋洒洒
邮递途中，墨水流出的文字不会结冰

打折的日子

其实，我担心的是结束
而不是开始
如这个夜晚的收场：一席不连贯的雨声
耗费了夜空多少银两。灯下失眠的橘子

蓄尽了夜晚多少辛酸
暗的品质，历经山山水水的磨练
黑色的滴答，是艰辛的市场推广
我放心开启，而担忧结局
当掰开橘子一样打开明天
谁关心过黑暗的破产，帝国的无声倒闭
不是吗？我们过的都是打折的日子
一边溃烂，一边鲜艳
一半消失换来另一半的呈现

空山

除了我，只有山涧水声
我叫不出树木名字。这一株和
另一棵就没有什么不同

我不知如何到了这
山谷
我发现没有来路，自然也没有去路

看不到缤纷。只有不同的
墨色，由深至浅
一直到更浅，或更深
在这里，浅和深就是深和浅
人生没有什么不同
我在涧水固定的节奏中
听到了落叶

直到自己也飘零水面
涟漪若有若无
我内心无法将四周群山转移
只因为这山谷
契合了我内心的形状

它盛满了肃穆、尊严和
降临的暮色

杨公堤上看西湖落日

从纷扰中抬起头，突然，袭来一种
宁静。宁静的力量，不由分说的力量
我才发觉我内心多么空无
一下就装进去了整个恬淡的湖、一支
倾斜的木桨、无数肃穆的树木，外加
两轮落日：西天上的，和湖水里的。
她们默默对视
仿佛两个反义词，坚强地对立着、隐忍着
而最后汇合的光彩，义无反顾！

我一直以为我内心很满
直到这至死的宁静，才彻底填实

空壳人

你出租了自己，剩下空壳
应付我
其实我也是被典押了的
假如不能赎回
我就是自己那笔永远的呆账
存在，而其实是虚无
无法固定你。我知道充满，也
就是扩大了空虚

无根之舌

读，随着写而结束
而疑问不会因为答案而消失
只有美让我没落，只有美人让我无言
拆解了合约，依旧有交易
没有战争，国土照样沦丧
你从未知处前来，却未曾抵达先知
假如灵魂可以不朽
人就无需——
你喊了一声，上行我未写出的两字缩了回去
我从地面陷下
实际上你只张了张口

我质疑舌头的必要，就如质疑语言的意义
面对美，却从不质疑爱的来由

最后一天

最后一天，我看着鱼骨
游上岸来。众多的鱼骨穿过我
汇入无序的车流
不能确认它们把带鳞的鱼肉脱在哪里
最后一天，我听见铜箫
吹得水波潋滟，最后一天
我触到地面冰一样光滑，零度以上
都被冻住了
鱼骨和鱼骨里的声音
都以游动的姿态静止，最后一天
鸟停在空中，而翅膀不会掉下来
我也迈不出腿，并不能回首
我把什么都放下了，身上的和心里的
倘若只有把血肉剔除，以骨架移动
庞大的海洋会不会是唯一的刀子
那种凌厉，那种磅礴

宝鸡诗篇

陈年喜

宝鸡南站

据说　由此西往兰州500公里
抵天府之国成都700公里
日吞吐南来北往者5000余人
因为西风劲烈　这里的树以灞柳为主
离别　顺理成章成为站前广场
一个时代的主语

有多少事物经得起吹拂
雍州　西虢　羽阳宫　青铜的嘶鸣都散了
只剩下一座站台伫立在细雨里
它接纳一切又送走一切
时间的潮汐正浸入它的内部
它正在消损　并终将消失
但替这个世界承担着暂时的不朽

六出祁山的人
从这里出发——也只有出发
受命　是一列没有回车键的列车
街亭上的月亮起起落落　照耀陈仓栈道
也照那些一日千里的归魂
留守家门的孩子　他们的眼里
流淌着两千年前的渭水

在近午的细雨中抵达这里
吹自大散关的风　又一次
把柳枝吹向天空　也把一位远客
吹成无端放心的人:在时间的梦魇里
黄土出落得如此磊落

让多少王业成为笑柄
久候的接站人　因为命运的废墟
比怀抱的鲜花更加真实

戴凉帽的女人　弯腰把河水提进菜地
所谓废墟之所　依旧是人间的中心
西来的火车正奔向下一程

在渭河边

起身于鸟鼠山的渭河在这里慢下来
流水五百里已经够长　但势头
依然可以穿透黎明的浓雾
如同一位伟大的揭竿者　头颅被砍下
但血气早已穿透时间的泥沙　人心之外
事与物从未遵守其命

铜鼓山早已徒有其名　一面后人仿制的铜鼓
屹立在渭河右岸的塬台　为什么抵达它
要设计出九十九级台阶　又用一方
水泥广场让登临者放缓速度
我猜想　其意一定是宣示征服　我们早已国
　破城灭
而对于一条大水　即使九百级台阶又有什么
　用呢

高垒　堑壕　胡弦与弯月
都被河水带走了　历史慢慢被用来篡改与凭吊
但流沙上的岸丛依然是歇息的好地方
流沙之低与大散关之高遥遥相望
谁能断言它们的相见遥遥无期
岸柳下依然是劳动者的家园
到了十二月　这里依然有雪花飞渡

日近中午　五月的渭河凉气犹在
一群孩子赤脚走在河畔　他们
在用脚掌寻找和聆听什么
远处的村舍　洁净　明亮　一个男人
在收拾他已经久未上路的摩托车

宝鸡传说

天宝十四年　当然也可能十五年
范阳节度使安禄山起兵反叛
玄宗与贵妃正在华清池温泉洗凝脂
叛军破关入陕　直逼长安
玄宗携贵妃仓皇出逃

接下来的故事早已家喻户晓
最深入人心的传说是　在陈仓山顶
玄宗仓皇无地　叛军刀箭如磬
天空突降大鸟二只　接着
一场冰雹击溃要命的血灾
玄宗脱口呼出:宝地　宝鸡也
据说　这是宝鸡地名的由来

历史和爱情总是延续惊人的相似
传说有新奇但从未有过新意
人说　东方没有哲学　只有功用之学
就像一部近代史　没有诗歌
却以诗歌之名出尽风头

在法门寺　再也看不见佛法西来
就连大河东去也隔着几道人造工程
山门几改　只剩下仿古时代的审美面目
为现代旅游业站台　七星河在远处拐了一个
　大弯
把付费的游客送到想去的地方
杨柳岸灯影如织　成为下一个传说的
下一个版本

发往乌鲁木齐的火车

发往乌鲁木齐的火车缓缓开动
据说这是所剩不多的绿皮火车
季节一无所有　只在站外留一行白杨
长安在后　天水在前
河西走廊在路旁等着人们

在送别的人群里
我看见一个女人　准确地说
应该是一位母亲　她轻轻向火车挥手
仿佛跑动的火车是一只拥过的
又突然挣脱的小小摇篮

我想起那天晚上
在微博里看到的一则消息
一位母亲卖光了玉米　凑够了路费
千里来到城市　寻找她失踪多年的儿子
在火车站　向每一个人打听
并为每一个远行的人默道平安

在南站之南　渭河拐弯
因为跨河大桥　火车保持了直行
人类的智慧让离别更加便捷　快速
黄昏即将降临　阳光铺满了广场
我突然没有了悲伤　只有感动
在一个火车开动的下午
让我看见了告别以及告别的宁静

西府扯面

十二年前　在克拉玛依
一个叫铁厂沟的小镇第一次吃扯面
扯面的女孩一口陕西方言
自言来自宝鸡西府

扯面分大份和小份
我惊悚于售完了皮货的哈萨克族牧民
要了一个大份又要了一个小份
再外加两只馕饼　整碗的乌苏啤酒
连同小镇的灯火一起灌下肚子

在萨尔托海金矿井下采空区
一块落石夺走了小海的双腿
昏迷三天后　小海对我说
给我一把刀子　外加
一碗加蒜的西府扯面吧

2019年5月5日　在金台区
一家只放得下三张桌子的面馆
我们喝酒　吃面　谈论时事
最后　相对无语　热泪盈眶
对于同样失败的人　回望是多么多余
那一晚　在一碗加蒜的西府扯面里
我们再次认领了各自的前生

山外

刘洁岷

空难

牙龈在飞机起飞的一刻肿痛
金黄明亮的彗星拖曳着炙热的尾巴
居民占满广场，观察空中的乘客
歌舞升平的不眠城市，机舱
像古老的信念一样在空中炸开

火在刺绣，镌刻出悬崖峭壁的轮廓
上苍咆哮发怒前脸上的一抹笑意
急性失忆的症状，燃烧的飞机冲进
节日城市的焰火有如一对交媾的猛禽
心脏的跳动通过红外线彼此传导

火光映红树梢后巍峨的保险大楼
医生在暗处做梦，新闻还没有
收到如此爆炸性的讯息，来不及悲哀
临终前仓皇拨打死神的电话号码
将军率领他的得胜的部队无处逃窜

一曲满是尖叫哀嚎的全金属打击乐
空中小姐的浓妆被热量烤化，容器里
机械的故障和又死又活的人体发动机
作者的意外，宇宙主题，入戏太深
跟主人玩耍的小狗玩具飘浮在夜幕上

指纹采集

一些穿衣服的人随机进入房间
在门把手、杯沿和皮肤上留下指纹
在打开的窗，在拆开的浮点颗粒安全套上
烟蒂上的指纹和口红
是不是不同的嘴唇与手指留下的痕迹

快递员带上你的指纹骑着摩托车
去到遥远的有小尾巴动物追赶他的森林
一两枚轻微的指纹在雨中颤抖的桥上
像透明的影子那样
被抖落了

需要像修复前妻的照片那样修复
有大量的插图和涂改笔画的记忆之书
随着被打湿的纸张洇晕、扩散
是被一一拆解消失的指纹
是放在洗衣机里的指纹

如果我们的城市能够停止运转
那么所有的指纹就会着魔般的纹丝不动
我看见我站在昨晚去过的茶楼门口
嘴唇翕动，并意识到，修复指纹就能
修复你和我们的整个生活

返湾湖之诗

这是漫长的己亥年间十分绵长的一天
那是从早年册页里刚刚翻到的海量插图
想起和回到许多失去了记忆和记载的日子
从返湾湖湖心的沁凉里漂浮出来，步入
平原深处楚将麾下兵丁是另一个自我
湖边浓荫中油井井架如巨人影子投射在那儿
自从潜江有了潜江的名字之后
在章华台被称呼为章华台的朝代里
宽阔的水面上布满更久远年代船帆的颤动
有人将汉江与长江披裹在裸身的外面
云端挤满涂洒过颜料似的绿头鸭和粗梗水蕨
脚掌下是蝼蛄爬过被饿死宫女的骷髅的沙沙声

晚霞在西边的蓝玻璃上挥洒着窄叶的香蒲
远处、附近，都是以肚腹语交谈的事物
从三国奔来的战马打着响鼻眨巴着汗淋淋的眼睛
人们跳去跃来，像着魔的青蛙一样在暗地旋转
无边的荷叶摇曳出黏稠水波的微光，白胸的
苦恶鸟扇动木桨般的翅膀慢腾腾划过天空

滨湖集：在节日与节日之间

节后的人群都涌向车站和机场
白雪在香樟树的叶子上收缩着滴落
今年的去年已经开始在记忆里存储变焦
两个恋人，具体说来是一对相处多年的夫妻
他们碰巧坐在同一班地铁上

那些约会一般的日子，那些驶向衰老的
一个个留下了连拍照片的瞬间
也像一个红色的激光点曾跟随舞动
连同不断的语音播报的噪音
那种亲切，在清冽的气流中回荡

他们天色昏暗时从床上
慢慢挪移下来，洗漱，整理衣装

衣服的窸窣声里夹杂有彼此的呼吸声
先后出门时告别并带上头天的垃圾
在石牌岭路大街上一度失联

在潜江杨市镇我作为刘氏杂货铺店主的一个时辰

打发走补货的伊利业务员结了账
斜倚着柜台，我翕动的嘴角
几分逼真地垂挂着晶晶亮的小瀑布
像一个胖墩墩的原住民那样，在花花绿绿
如云霞般摇摇欲坠堆积物团绕下
我陷入午寐时光

睡了，那些木刻的家禽
睡了，体长38厘米的小黄鼠狼
那在包子铺里甩开膀子的是王二家的
睡了小理发馆、农机站和钣金店
睡了水蜘蛛在祠堂旁池塘薄皮儿上
用幺姑的缝纫机针脚飘行

我病歪歪的父亲披着他老旧的人像去镇北的银行
接受营业部人像采集器的采集，他酒后坦承
我与他在天色忽然阴沉的时候互为父亲
我老妈难得地在午后离开了我的眼光
被手指肚磨得锃亮的象棋棋子
字迹模糊地摆在门旁

镇关西在肉案上又撸起袖子
自留地里的稻草人拔脚溜到别的地方
我水土不服的堂客又回到海怪出没的海岛上去了
他们都鹅鹅鹅嘎嘎乱叫然后飞成白鹭起航
我铺里的杂货真假参半堆积如山
满足了仿古的居民们对于山寨的需求

有个高个男人挟持着个矮子进来了
他套着件破旧的袈裟，小不点
没有穿啥毛乎乎的是个会行军礼的孙猴子
我被惊醒过来连忙扔出几枚小钱逗引他们争抢
他们叫嚷着抢来抢去夺去夺来越跑越远
把我的刘氏批零杂货铺带向了远方

和子由渑池怀旧，与苏轼同题

人的一生等于大雁的一生
雪白的芦花比雪花要轻一点
白发又再轻一点，如轻纱新织，竹子出土
那声音比不足月的女婴的啼哭还要娇嫩
大雁们鸣唳着在长空变换队列

雪融化成水浸泡解冻的蓬松的土壤
大雁的指爪必然要宿命般掠过它
它们陆续地再次腾飞而起，犹如竹林
在劳作后的鼾声中发出缓缓拍打农舍的幽冷
海洋俯冲带在东西方向吸入巨量的海水

餐厅里流淌着似有似无的地方戏音乐
微风一下下刻画雕塑般坐在那儿的顾客
剥落的墙壁如老僧额头的皱纹，碗碟的声音
渐渐变成了远山白塔中邪魔鬼怪间的争辩
而马瘦成驴子而连绵阴雨淹没了大海

山外

被笼罩在那种木质的房子的气味里
故事里来的女人又折身去到另一个故事
纸上情节节日般日复一日地展开，告诉
我们的生活仅仅可能是可被预知的记忆
被迫清空的财产，从制服里挣脱的女战士

一个不便转述的寓言，一封不宜转交的
密函：冥想的大师，灵魂的加速度
反复踩踏而过的青山，山上游泳，水底攀爬
青蛙下巴的鼓膜和云卷云舒莫名的欲望
故事背后的故事润色下一个世纪的人生

一个充满记忆的山谷里有一个
记忆中的人，那种怀旧而失焦的眼神
当年的接近是一种芳香与另外一种的合成
他在一株板栗树下安静地伫立，眺望
山峦之外刷着一层忧伤的浅蓝色长廊

死去的女战士出现在岸边

山谷外面停放着他的马车
树皮和草屑在马嘴里嘎吱着
马车披挂的织物上有牡丹，和一叶
停泊在枯水边并开始风化的小舟
他眨眼，即是他那收墨的一笔
上涨的河水正好把河道填满

滁州西涧，和韦应物诗意

在水边
在上马河
在幽静山谷中
玄衣的人漫步在那儿
他怜爱地望着小溪旁无名小草
他用眼睛画了一张她的素描

黄鹂鸣叫在树阴的深处
像阳光光柱里的灰尘那么婉转
很久很久，山谷上的气流中
翅膀与翅膀扇动的声音开始密集
晚潮汇集了膨胀小溪上的春雨

寻人奇事

陈衍强

我的父亲问张永相

你看见云春儿的外婆没有
张永相说没有
我的父亲问黄永万
你看见徐富恩的岳母没有
黄永万说没有
我的父亲问陈衍友
你看见陈衍强的妈没有
陈衍友说没有
陈衍友急忙打我的电话
二哥
伯娘跟你到县城没有
大伯以为她上坡挖苕
去羊儿湾找没有找着
我突然难过地对陈衍友说
爸爸真的老糊涂了
他耳朵不好
中午我就大声告诉他
要把摔伤的妈接到县医院治疗
而且他亲自看见我
把妈扶上车离开老家的
你告诉他不要着急

与妻书

我曾经在往事中折腾
被爱情伤害　差点吊死在一棵树上

当我被婚姻扔在空无一人的大街
我只能拖着我的影子
藏起眼泪　走过寒冷的冬夜
用虚汗洗脸　用诗歌疗伤
直到我用烈酒将剩下的才华烧成灰烬
我的女人　你仍未现身

我像困兽一样挣扎　嚎叫
苦难总会滚回来处　好事当然成双
我的女人　睡在天边　站在眼前
感谢你　在我继续流浪的春天偶遇我
把我领回你铺满月光的家
风言吹过高山　风语打湿流水
我们的相识　是针尖与麦芒的相识
我们的结合　是火车与铁轨的结合
你的枝头　花朵已经灿烂出果实

当我天马行空　过着虚构的日子
你伸出操持家务的手
接我返回现实　用粮食和蔬菜
把我浪漫的诗篇
修改成普通人的日常生活
其实　你比我坚强和脆弱
就像我们睁开眼睛　看到的
不仅是妇人的长舌
打开耳朵　听到的
除了左邻的碗大　右舍的筷短
还有人　在大地上疲于奔命

一个先锋诗人和一个女强人
从相见恨晚到梅开二度
胜过结发夫妻
我在天上打铁　你在人间绣花
将颠倒的黑白　饮食和起居
再次颠倒　成为想和牵挂
亲爱的　我为你饱经沧桑
你为我苦尽甘来
因为你　我开始热爱世俗中一切
无论衰败与繁荣　悲伤与欢乐
甚至冰雪与火焰　江山与本性
都无法撕裂我们越箍越紧的爱情

英雄拔剑　美人在侧
我和你手忙脚乱地完成婚姻
仿佛重整河山　重建家园
夫妻　这是两个需要妥协和摩擦
才能扛在肩膀上的汉字
这是最好和最艰难的时光
感谢你用贤惠和善良收容我
将我的从前易地搬迁到今天
我无论叫你老婆　抑或喊你婆娘
不管称你妻子　还是呼你媳妇
你都是我永远的亲密战友

吃药

每天早晨服降压药
由于记忆力减退
有时记不起
到底是吃了还是没有吃
如果真的没有吃
万一血压步步高升
要是确实吃了
再吃岂不是
病不急都下猛药

肤浅

黑非

悲伤来得如此突然

昨天在电梯里
我还遇上穿戴整齐
拿着公文包的楼上牛总
他说去单位开会
今天我在电梯里
看到眼睛红红的牛总爱人
问：为何伤心
她顿时号啕大哭
告诉我
老牛昨天在上班的路上
遇车祸不在了

机器人

人类智慧
已超越人类

在脑痴呆之前
我已弱智
面对机器人
无地自容

刚刚照面
似乎就知道
我的所想

知道我要说什么

问什么
和我的需求

这么乖巧
聪明智慧
善解人意

是人还是机器
是人造的机器
还是机器造的人

（就像那个哲学问题
是先有蛋，
还是先有鸡。）

到此我还不知道
该用它还是他和她
来礼貌称呼

刚想到此，突然
有声音问我：先生
你需要什么服务

那么，
就是她了

猪

岁月是一把杀猪刀
猪已被集中圈养
集体宰杀
没杀过猪
还能没见过猪跑
这句话
已经没有意义

忘记

这些年
我忘记了很多事情
甚至忘记了我是谁
我在哪里
直到有一天
突然遇到一个人
那个人让我
想起了很多事情
让我想起
很多事情的
林林总总
来龙去脉
在我身上
能够触摸到的
每一块疤痕
都有一个故事
只是那些故事
已经失去了意义
就像现在的我
这一张苍老的脸
如何涂抹
都是那样
不堪入目

好像都在等有一场雪

小雪节令已过去几日
这个冬天不温暖也不太冷

这些天有些安静
群里也没有什么事情
朋友圈也只是问候
大街上依然喧闹
马路上车来车往
年轻人每天上班下班
按时吃饭按时睡觉
老年人在城里无事转悠
公交地铁一卡畅通
行人匆忙低头走路
看看手机都不说话
突然有人停下脚步
看着这满天的雾霾
似乎在说：这场雪
什么时候到来

做人

做一个干干净净的人
身无分文，一穷二白
做一个听从指挥的人
你挥手我即暂停，绝不乱行乱动

做一个有雾霾也不咳嗽的人
呼吸致癌，那也是以后的事情
做一个不会流泪的人
心如止水，目不斜视旁若无人

做一个只会歌唱从不说话的人
行走江湖，站在水里也不会湿了鞋子
做一个每次体检都能通过的人
这样朋友能见，大家知道你还活着

暗语

严力

情人节

今早情绪突然起航
我依依不舍地
从自家航站楼出来
桌上咖啡还没凉透
情绪如此匆忙
肯定与节日的气氛有关
而我对它多年的栽培
也一定是会有回报的

可不是吗
此时房顶有东西降落
它劫持了一架飞机
里面坐满了
我在各个时期的
情人

救词

听见几个词跌落在地的声音
我就顺手把它们扶了起来
词是在调查历史作假的案子时
逃出来的
为此面临着典故们的全面追杀
我下意识地
把它们塞进了耳朵里

从此
我因为藏匿潜逃的词而
默默地欣赏着自己
但也忍受着
继续的耳鸣

动词

路边的动词闪进树丛
可能是猫
我从窗口望出去
还有打包的垃圾
这些曾经的动词将被
另一组动词准时收走
动词在世时
不知道什么叫休息
也没见过
出生后再次醒来的动词
我虽然见过睡醒的雄狮
但爪子里全是从不睡觉的动词

情报

悬挂在枝叶上的感觉真好
但成串的露水还是滴到了
更现实的土壤里
并且马上转身往上
听从了根须的召唤

有人说它们是顺其自然地
打进了枝叶的内部
但也有人说
不是为了收集情报
而是让情报长得更好

心房

清理抽屉时
发现一张四十多年前
我留底的心房房契
它与被赠予者
早已分手多年
之后此房转手了多次
从岁月的记录上看
幸亏高科技的发展
此心房这几年还成功地
装过了两次以上的
爱情起搏器

除非

擀面杖就行
不必动用更重的手段
把凸凹的生活碾得平整一些
肉馅的想法是
要不断地与饺子皮见面

食欲千姿百态
不同年龄有各自的饕餮
反正最后一餐都是
石碑般的硬菜

我的那一餐
早就在家把餐椅靠成了后背

除非……
除非岁月想自己站起来

更好

感到自己的创作状态不错
好像已经知道往后几天
会画出什么样的画来了

但我还知道
在没有构思也没有草图
只有一堆颜料时
空白画布的状态
比我更好

也是咸的

我经常会有难以控制的兴奋
那种心跳
像从底部舔上来的火苗
今天又遇到了这种状况
只能泼上一盆凉水
没想到兴奋的程度
还是烧成了一个油锅
在其全面沸腾之前
我咬住枕头强迫自己入睡

第二天醒来时
清晰地记起
梦中有一条红烧鱼
但我在动筷之时
从盘中一翻身就跃进了大海
甚至比我还要兴奋地
对其他鱼说
除了海水
酱油也是咸的

肥皂

大家都喜欢音乐
更羡慕肥皂终生都有水的伴奏
水用一根管乐
就汇总了
江湖河海的所有指法

而热爱装饰品的我
从小就羡慕
肥皂戴着的那枚
名叫卫生的婚戒

那些敢于自杀的……

想起你们的那股狠劲
我至今也不能企及的体验
山从半腰往上
脱掉全部的覆盖
蜡烛往下烧穿自己的灯芯

想起你们的那股狠劲
河水转身
一滴不剩地离开了鱼群
脚印扬起双翅飞离沙地

想起你们的那股狠劲

面包直接嚼碎在亲人的肠胃中
酒把醉意的度数刻进未来
也无所谓之后的岁月
一年年地令酿造流产于腐败

想起你们的那股狠劲
手机曾回身拨了无数次以往的座机
历史的手伸出又缩了回来
它比我更惊颤你们的那股狠劲

美好且枝繁叶茂

朵渔

默祷

骤雨初歇，雨后的蝉声让人焦躁
那因痛苦而降低了高度的天空
并没有带来一个内心的天堂
只有一种白色的孤寂在缓慢生长
那是为内心独白所创设的寂静
借用但丁的舌头，我轻轻默祷
仿佛自心底升起的无声歌咏——
不要将自己委托给无知之物
要与死亡保持一种尊贵的友谊
并做好谦卑、清洁和节制这三门功课
词语太轻了，在你的生命里
还缺少些真实的压舱之物
丰饶来自极高处，也在自身的罪里
人类的语言亦无法赞美，这是一个限度
默祷虽未允诺一个丰饶的未来
你只需饮下这酒，掰开这面包
如同掰开自己卑污的灵魂
骄傲从你手里拿走的东西
羞愧会再次交还给你，分毫不少。

熟悉

当我们并肩走在雪地里
林间的风更新着空气
积雪在脚下咯吱作响
那必然是在某一次争吵后的

室外小憩
或某一次温存后的余兴未消
什么样的温情和争吵早已忘记
只记得那林间的雪
在我们的脚下
咯吱咯吱地响着
这么多年过去了
依然熟悉如你
梦中磨牙的声音。

两个美好的人

两个好人，相守在庸常的婚姻里
已经很多年
通常，她在厨房准备着简单的早餐
牛奶，面包，小苏打饼
薄薄的睡衣里通常什么也没穿
他则拿起拖把，清扫被猫弄脏的地板
早晨的阳光洒在她光洁的脚踝上
也落在他微微出汗的前额上
一顿并不丰盛的早餐
两个美好的人。

满足

下过几场雨后，如此透彻的光线
在花影之间，时光留驻的形象
如同那短暂的事物中永恒的部分
在日常的喧嚣中，难得这闲暇的时刻
在一杯绿茶的载沉载浮中
夏季已近尾声，秋天还很漫长
那些秋风中的树木，微微摇动着
仿佛静止，静止中又有一种深刻的不安
唯有将自己的信心全部移交出去
才能在无限的绝望中收获一滴眼泪
阳光照在某物上，如同你的目光在我身上
道路便永恒延伸，不可能再有歧途
不可能再有迷失，甚至最不自信的人
也安静下来，等待着季节的安排
而不必着急为人生寻找下半场
街道倒映在一片黄昏的水洼里
我生活在某个小镇的某条街巷
一个露天的花园，所有的悲欢也只是
这几十平方的悲欢——但你在我心中
我爱的人散布在东西南北几个地方
此时，满足的乐趣大过了一切。

垂顾

想必是那小教堂的钟声感染了她
当她欢快地走在飘满落叶的小路上
如此欣悦，像跳跃在一排黑白琴键上
刚下过一阵小雨，柏油路面被雨水
洗过，像黑人湿漉漉的闪光的皮肤
在这样的舞台上，在这样的季节里
什么都不能打消一个姑娘内心的喜悦
我们自身只会产生罪，我们被罪
所制造，又被恶剥夺，当一阵秋风
吹过，正是这来自外部的风带来了
喜悦——这是上帝垂顾的一瞬
必是圣灵充满了她的心间。

在高处

夜空静得像沉默的湖……
他们还在室内高谈阔论
外面才是适合一个人忏悔的地方
这被知识统治的傲慢，这被暴力
摧毁的夜晚，在喧嚣的当代作者中
你的沉入与拔出，都显得不合时宜
你想告诉他们，花和影都不算什么
必须去观望那些永恒的事物了
想起某次在教堂，你的骄傲
显得愚蠢至极，那些看似无知的
老人们，虔诚地唱着赞美诗
双手高举，仿佛在承接上帝的恩赐
他们可能有诸般无知，但仅仅因为
知道神，就已经高出你很多。

错失

我们对这个夏天还有什么期待吗？
接下来就是秋天了，季节在无限
轮回，但无物永恒，像飘在空中的雪花
那用玫瑰制作的情人，用书信捆扎的夜晚
一切伟大的浪漫里都有一种错失
有些事已来不及做，他知道，应该
学会放弃了，有些人已经来不及爱
错过了，就不会再有相遇
爱是一种痛苦，当然，如果不爱
就更加痛苦。夜晚，躺在院子里
和一颗孤独的星相对，世界沉寂下来
耳边的音乐和酒，一个人在孤独谈心
或者借助于这孤寂，抵达某个远处
虽然还没有足够的信心，但他知道
不可能再做对什么，我们终归是错的
除非承认这错误……然后哭泣着
回到一个空荡荡的怀抱。

悲哀的妻子

这个男人通常以一头熊的形象
蹲坐在房间里，悲哀让他的肩头
坍塌下来，像两个顺滑的斜坡
那些蔷薇丛里的麻雀看着他
整日端坐窗内，仿佛坐牢的人
没有钱，也不愿为钱而工作
需要钱，也不想出去挣钱
像一个颓废的哲人在家庭的矿井里
他的妻子，忙碌于一日三餐的
神学，吊在胸前的两只口袋
像两个沉重的蜂房，生活对她
而言，意味着床单、落日和青菜
他们的关系，既不低于情欲
当然也没有高出情欲多少
但在日常的哭泣中，她重新拥有了
一双明亮的眼睛……
该怎么安慰这个沮丧的妻子？
世界好得很，你也很美丽……
上帝啊，快收走他们手里的那
仅有的几枚铜板吧，让她绝望
以便生出新的希望。

上个月失去了一份工作，这个月又失去了另一份工作

终于不再从属于任何组织，不必
听命于任何人，心和蓝天终于回到

同一个场景，鸟鸣和默祷的歌声
终于同调，生命也回到了生命里
想想，当所有的重担突然从肩头
滑落，人不是变得更轻松、更自由
而是陷入一种半透明的飘浮里
失重，迷惘，如同雪花落在冰面上。

日积月累

中年，一个麻烦。
常有一种放任的
极乐，感觉自己的心
在离地三尺的地方
飘，它并不在我的身体里
好像一个词做出的
致命一跳
只为脱离语法的牵绊
如今，让自己变得更好或
更糟，都不太容易
像衣服上的污渍
那种日积月累的脏。

琴声与亡灵

他们在床上度过了一段美好的时光
他熟悉她床单上的每一根静脉
包括她身体里的凹陷，都曾被他填充
他们在彼此的身体上啃噬、轰鸣、崩塌与重
　建
也只是制造了一种时光的空洞
只有做爱，已无法生产爱
只是爱的一种消磨
如今他能清晰记起的
依然是那黄昏时响起的琴声
当他们在楼上翻滚、尖叫时
她也许正在楼下的躺椅中昏昏欲睡
当她听到一个年轻姑娘的叫床声
是否会回忆起自己的少女时光
是否也曾有过这样的欢愉时刻
人会遇到什么样的人，会度过怎样的一生
神在安排着这一切，偶然中已是必然
就像他和她，尽情享用着多汁的肉体
并没有想到，身体里的琴弦正被亡灵奏响
就像楼下黄昏时分奏响的风琴声
仿佛孤寂的老年在召唤一个亡灵。

智者

刚才坐在我们中间的那个人哪里去了
他始终一言不发，像个沉默的智者
永远保持着一个无知者的谦卑
并通过聚拢一种呼吸所创设的宁静
让我们习惯性地将他忽略
当他离去，那空出来的位置越来越空旷
凭借这种空旷，我们认出他精神的领地。

两碗水

弥赛亚

羊有齿

一条石头垒成的路，连接到
山顶的寺庙
两旁的蕨类植物
横向生长，越茂盛越悲哀
迟早成为动物的食粮
父性的阶梯，母性的草
浑浊的肉体，劣质的肥料
一头羊有一个锯齿状的人生
它的声音干干净净
又白又脆弱
像天边的云朵，终究变得黏稠
把它切碎、搅拌、摊开
这是我们的馅饼，也是它们的苦果

又一秋

宿鸟缩起翅膀，爪子抓紧树枝。
夏日之蝉
到了现在，还不想死。

只是舍不得
像睡不着的人
数第一声更漏，看最后一片落叶。

水里来土里去。不是这样开始
就是那样结束。
草木一生，草草了结。

让一切来得自然，也让去时

去得心安。
他有一个模棱两可的梦，醒来已是秋

定风波

很少有东西
能像天空那样，完整而空虚
自我满足的时辰
东南西北，忽然吹来了风

偶然迟到的雨，轻轻敲打着竹叶
鱼浮于水，人浮于世
谁也不会是永远的漂泊者
在一条弯弯曲曲的山路上
樵子遇见了和尚

野史趣

疯子拿着氢气球
一边自言自语，一边走
很快就走过了这条街
三月五号，晴
他站在阳台上，看见樱花满枝头
疯子在树下
来回走了三次，手里的气球快要蔫了
他认真地记下这一幕
以便后人从野史里，找到另一种秩序

一粒枣

我从一大堆枣子中
选了一颗来吃

我挑中了它意味着
它也选中了我

半生囫囵，一朝相逢
我咬破它的皮囊，它进入我的肉身

脱离了躯壳的枣核
有寄生草之苦

如同我赤条条立于世上
有面团之形，亦有锥子之意

两碗水

桌子上有两碗水
一碗是热水
一碗是冷水

冷水要端平，免得洒出来
热水可以放久一点
等它变成温水

男人回到家
端起冷水，一口气喝干
女人洗干净手，端起温水喂给孩子

现在
两个碗都空了
水去了该去的地方

有损

切掉白菜的根部
砍开牲畜的头骨
他们是切和砍

削一筐土豆直到手软
劈木柴直到冬天到来
他们是削和劈

还有剔和剜，剐和剁
一把刀，在世间消磨着铁
铁又消磨着锈

原来的东西变成现在的
不明白的事还有很多
再见吧，但不要再见得太快

别离无期，怨憎有时
爱恨自有分寸
先是舍不得，然后是求不得

我们有共同的蒙昧之心
薄雾遮着月亮
空穴来风，置若罔闻

无咎

扫地的人
来到我们中间
使我们成为落叶的一分子

煮鹤的人
顺手煮了一壶好茶

邀请我们来围炉夜话

极少的雪落在梅花上
更多的尘土覆盖在公共之地
焚琴的人望着火沉默不语

我们是说不出的话，流不出的眼泪
一生有迹可循，却无枝可依
十里之外，我们是自己的附庸者

小雪的冬天
客人结伴经过小城
行一段路，过一条河。众生匆匆，犹如枯鱼

犹幻

某个时候
木头的颜色会加深

以为下雨了
其实没有

季节已经来临
绿水开始变旧

拗断棍棒的弟子
找到了自己的扫帚

离家有五百里
低头吃一盏茶

墙角穿了个窟窿
不见了一个道人

开始的确是这样，后来变成那样了

我从白发里抽出青丝，还给你万念俱灰。
还给你杜鹃的春心。
还给你无端之水流不尽。
拍马莫问前程，
还岁末以浅雪，还黑漆于棺木。
还给你两头不到岸的尴尬。
开始的确是这样，后来就变成那样了。
还你流氓的寂寞。
还你负面的山水。
海上花还给海底鱼，一丈青还给半匹麻。
蛙鸣还给深井，黏土还给熔炉，芝麻还给馅饼。
航海日记一片空白
还给你遗失之岛和极昼之夜。
还你黄金锚和满天星。
后来的确是这样。我拿走了什么就还给你什么。
我把灯火还给寺院，把荒芜还给田园。
把桥梁还给藏死的河流，把白银还给冤枉的自由。
垂枝还给根须，黄祸还给证据。
还永生以饮鸩而死
还宝藏以失踪之谜
旧时轱辘兜兜转转，早晚归于一梦。
我把初衷还给始终，把刍牛还给吴钩。
把惶惶前世还给滚滚今生，把长河一落日
还给肝胆两昆仑。

目击者

刘振周

荒诞树

我看见那树已经进入黄昏，
金色的叶子挂满艳丽晚霞。
那宏伟景观，只存在于旁观者的感受。
我们的大脑长期被美好熏陶至失去了知觉，
视野越来越空荡，只剩下金碧辉煌的徽章。
我幻想的树，在苍蝇的监视之下
仍然属于植物或植物人，
它是活的，却也是死的。
但是我不能否认它现在穿起的衣裳，
在东莞乃至黑暗的树荫之下，新的富豪
与坠落的饿殍都在递增——皆需要相信如
　此，那树根
深深扎入土壤如接受深刻的九年义务教育。
我仰望树，充满渴望乃至崇拜树上的果子
我不能为嬗变的果肉注入糖浆，
我不懂魔术，也不懂粉饰树下之人的言语。
只有膜拜——那巨大、雄伟的树冠，
再被它那狰狞的枝丫所威慑，
一个声音告诫我：“其实是权力塑造了
　你！”
是的。我背上树影的重量在爬行，
于沉默的野草，于寂静无声。
我幻想着即使留下刹那哪怕纯粹的幻觉，
只为徜徉在虚构的——霞光里，就要与之袅
　袅而上，
就要接近纯洁、白的暖巢。
幻想着，一辈子盯住那树，跟随它那不能反
　抗的脚步

一步步地抵达生命的尽头。最后，
我宁愿相信眼前的一切都那么美丽，都是真的。

铁匠

沉默，彻底的沉默。
冬天一再延长，他手中的铁块
也就越来越沉重——俨然固体之海。
冬至之后，甚至抵触火的烘烤。
世界将变得毫无意义。
当黑炭又在黑暗之中窜出橘红的火苗，
他不以为然，“原本就应该存在的，”
只是让这一次的力度
叠加到下一次更为重要的锤炼，然而，
这一年，冬天提前到来。
浓密的雾霾到底昭示些什么?
将颤抖的手插入雪地——正在流失的力量使冰雪融化，
但是始终没有任何人因此聚集而来，
空旷、孤独的汉中平原继续保持沉默，寂静。
连飞鸟也不敢轻易进入天空。
这让他感觉白活了一些时光。
但是炉边那些变形的铁像一坨坨灰暗的黏土
在等候他的召唤：枷锁，或者尖锐的形状。
“荒诞总会消失的！”无力的欣慰围绕着他，
当他又从各种锋利的想象回归铁锭
——生活本身、铁锅之圆什么的，
而专注艺术，好像感觉缺少什么似的。
只是虚幻而已？！
铁锤也不再屈服于他，总会从手里逃脱。
“历史从不缺乏像我这样的人啊，”
然而，“荒诞，总是被新的荒诞掩盖！”

果子

我能摘取它——小的，深紫果子
在墨绿枝叶间，似乎为了隐藏自我。
那么安稳，果皮富含油脂，光洁，弹性
再好的年华也不过如此，我却快要
步入焦虑的中年，还未完成的事情
凝结成冰的负重；我能够拥有的——
大的，球的，如天空掉下的椰子
汁液饱满，坚固，且不可摧毁
亦如意志，自然，从来不为人的玩弄
形同时间，我怎么能把握时间?
但我适应时间的降临和绝望；
我也能欣赏——竹蔗奇异的手臂，紫黑，
粗壮，深入泥土的吸吮
几乎颠覆我对果实的认识，是的，
感性与理性总会让人纠结，
总会被事实打击，让人疲倦，尴尬不已；
我的饮食史与常常浮现餐桌的植被
只会存在想象力的罐子发酵，反刍，
我渴望美，自然；也喜欢山上的果子。

水滴

无法在夜晚来临之前汇集
哪怕凝结的只是松散的柔光
谁在乎谁的力量?
即使，不断膨胀的雾霭
在压迫之下，一缕接着一缕地湮灭
所折射的风景——注入水源，虽然有利细菌

繁殖。
但是，仍然无法挣脱重力。
（渴望天空散落的水雾——）
就算运用火箭，仍然无至于事。
约束力，在雨水丰富的夏季尤其如此。
我在屋檐下所度过的美好时光
随着堕落的闪烁，越来越多的小国家在视野
纷飞
葡萄藤绕过天空，卷曲的触须
在颤抖的语言琼台收紧
泗水的孩子从学校回家，手里拿着土观音。
而水滴——若干年之后，之后
终于成形，闪烁着博贺港的碧绿，并被张力
包裹——
一个坚果，一个水世界。
在等待诞生。
——将所有人揉搓成一个组织的完整
所发出的声音当然模糊、暧昧
这个黄昏，迫切、焦虑，更是被一只旱虎唬
住
只有停不下来的莫扎特——
狂乱，燃烧，撕裂，再在饱满之中脱离
的水滴——
仿佛一块块独立的土地
从高空、从神的鸟瞰坠落——
一些是泪水，一些才是自由溢出的欢乐
——这短暂、珍贵的个性——
去掉速度与赞颂，以及幻想的深刻
——我将仅有的，和半个东亚——都装入了
水的轮廓。
——坠落是唯一性的仪式。

目击者

我在看报纸。
在东莞与深圳交界的一个小镇
一棵适合午休的榕树下，我看见
一辆轿车的前轮胎从一个女孩的脚面碾过
因微小的颠簸，司机伸头往外观看
她脸不改色，千万个打工妹般淡定，从容
车开走了，她才蹲下来
假装拍打鞋子上的灰尘，再抚摸压榨的脚趾
接着泪水滴下滚烫水泥路，瞬间蒸发
到底有多疼痛？
她久久没有站起来。
也没有引起周围的注意。
我记得她穿了黑色高跟鞋
那是一双朴素愚昧的鞋子
因为胆怯、害怕、冷漠、麻木而失去自尊
我扶起她，与她共同承受这个秘密。
多年来，不知道她如何看待我这个目击者？

散光与聚焦

张远伦

窗外之一

窗外响起悠远的口琴声
加重了我的幻灭
一个浑身雨露的人
走进蓝色的地图里
所有航线和轨迹
都在抖动
我们铺展着辽阔的素页
奉节的山是一把灵魂的镇尺
赶在滚雷之前
重重地，落在我的念头里
我窗里的空村
被响器预先安抚了内心
所以一面磨砂玻璃
也能在人类妄谈爱情的时候
静静地，捕获村中的闪电

窗外之二

夏雨天，雾在窗外白成乳
山脊线在轻轻痉挛
一面木窗被我打开半边
俯仰之间
天空被我挪用到窗框里
仿佛是一层薄薄的错觉
玻璃质一样易碎
我可以放一点儿风

经过半莲花的侧面
像经过一个人卷边的心灵
有人在骨头上温烫一壶玉米酒
有人，从消失中走出来
裹紧的小古装
让我觉得低眉是人间所有的美
让我一介孤臣一般
久久地仰望着棱状的天空

在中天门下遇到一个神

他迎面而来，满身顶着阳光
仿佛路过一生最神性的时刻
我甚至能看见他白胡子上的光芒在颤动
而当他侧身走向垃圾桶
后背隆起，仿佛突出了自己一身的异峰
我却在心里一遍遍地，想把他的半身卸下
缓缓地恢复为泰安的平原
若他愿意休闲自己，铿亮的秃顶
定然是吸光的旷野。青草遍地
香槐掩盖着洁净的天灵
这一瞬间我想起故去二十年的祖父
化身为一个丐神的样子
紧握着充盈的垃圾袋
仿佛攥着秘密的衣钵，和沉重的黄金

风把你吹过来

风把你吹过来，而把所谓世界发回原籍

可你回不去了
为了赶上一朵槐花，或者一片杨絮
风闪烁其词地把你吹过来，飘忽不定地把你
吹过来

所以啊，你看上去经历过虚无
并成功成为那个从虚无里走出来的人
用一丝白发继续探路

风搬动了自身，也袭击了他人
你在风盛大的时候，撞见了我的额头
如同撞进泰山皱褶遍地的页岩

我们在笼子里谈论诗歌
而风在更辽阔的笼子里，缓缓地
推动着虚构的神和真实的黄昏

风把你吹过来，那枚最低垂的星辰侧身让了
让

车轴草

露珠几乎就是被它悬吸的
在它归零的体温上，闪动着无辜的美
三片叶向心而聚
推举出的红车轴花朵
柔弱地，燃烧
我不忍触碰这些凝聚的小火焰
在微距的临界，将呼吸调到最低
生怕一个喘息水滴便会滑落
我是车轴草请出世界之外的
局外人，由于生之迟缓
和死之草率，被病句一般遗弃
我蹲下，旋转空镜头
一片片地，把我的心肺灵气
和肝胆苦血，拍进空无里

并弄出定格的声音

后山夜色下

夜色是一个杂食动物
一寸一寸地吞下枯草，然后吞下悬崖
落日似乎逃逸无望，也被吞下
那火与光的营养物质，似乎经得起
夜色缓慢地品味。直到平原
用极限地平线，将大地缝合
我们就坐在半山一块光洁的石头上
成为被夜色，最后吞下的部分
恍然间，我已听命于忧伤
和玄妙的未知。我们在北方的喉结上
停留了很久，仿佛经历了一场消失
和融化，以至于很久哭不出声来

布谷鸟的叙述

布谷鸟的叫声是两声还是四声
关乎报春还是啼血两种预言
而你认为变调的，换韵的
更像是曾经的幻境，在初夏的夜晚
在北境，得到印证
我也曾无数次
在中国西南的村庄里听到这些声音
有时候叫“姑姑”，干净清脆
像是神秘的少女单纯地呼叫
有时候叫“薅草苞谷”，婉转跌宕
像是人到中年，有了哀声
短促的鸟声恍如一场起承转合的叙述
带着错乱的情节和尖锐的细节
它在死寂的夜幕中
破空而来，唳叫之后又戛然而止
几乎没有余音
在故事的完整性中醒着的人
巧合般地，清晰地听到这种声音
似乎找到了命运的置换
和转嫁。我们从未见到这种鸟的真身
却在它的虚像之下
像一个劫数那样，互相侵袭
彼此指认。直到这场叙事
实现短暂的闭合。我们再也不能
听到圆融的续集了，鸟类也不能
为人的悲剧献唱
可我一直在心里相信，它
原本就是相同的一只，带着候鸟的
迁徙之苦，从南到北
又在我们的头顶上空鸣啭
我乘坐两小时的东方航空客机
才在徐志摩遇难的开山之侧，赶上它

夫妻桥

索桥的钢绳是勒在我脖子上的
我已经感到
悬空，其实是爱的重量
你站在上面
像是诗经的一页，黏在上面
你很轻，还在不断变轻
你在改变桥的弧度
和弹性。而我如此被牵引
几乎就要仆倒了
我蹲下来，前倾，像在崇拜
仰角的桥，也像在崇拜
你身上的闪着的光

你和桥，极其危险地
处于我生命图谱的页眉位置
那种轻巧和凌空
让我得准备好毕生的留白
将这种颤抖，深深典藏于光影中

中四路

暮晚，我们经过满街树叶
那些悬在空中的，柔软的银币
在低空的打磨中发散着异样的光泽
长尾鹊收敛起羽毛，已然
开始静享软糖片一样的黄昏阳光
有一些上天的想法提前外泄了
我们会觉得头顶有一些微微的抚慰
而抬头又无所发现
看不见那阔大的布经络的手掌
此刻你就在身边，面容微醺
似乎借饮了黄葛的浆汁
我忽生少年心意，想牵着三闲堂墙壁上
那无骨的蔓向瓦片走去
一定有某种高度等同于你的额头
也一定有洗天的云，将椭圆的残片
贴上去。我捡拾着这些看不见的美
像在虚无中捡拾你的脸
我捧出的手掌，盛着自己
和辽阔的城市，你就住在永夜中
宛若白羊闪着天然的微光

黄家坝有寄

夜凉了，左耳小镇歌声，右耳唧唧虫鸣
从喧嚣到安谧，没有界限
这难以觉察的渐变竟被我捕获了
同时捕获的还有透亮的星辰
那孤绝的闪耀，让我不忍为它命名
设若它悬挂的位置可为我掌控
定为它配备一双柔软的耳垂
想到这里手机忽有震颤
桌面也发出鸣声，如我身体磁场
与山间灵光产生秘密的对应
我就在白羊的海拔上，做一片思考的唇
去词语无法抵达的地方。因为距离
我抑制住了漫天激荡的星光

老银行即景

墙壁的石头风化之后像乱草
经络和裂痕都变得柔顺
大风带不走的这些硬物
却有着朝向天空的细微流向
或可理解为时间留下的触须
凸显出来，让我难以隐喻它们
那些被大风带走的软物质
消弭无痕，却以凹陷的形式
阴刻的形式，向我预示着
总有一场触底的疾风
会带走生命中仅有的波纹
碑帖古意的门匾，赫然未曾变化
状如一首诗被逐字逐句咽下
却唯独留下标题。它阳刻在人间
得看清多少感伤和颓败
在它的檐下，黑色门洞中
不知谁嵌着一个白色的乒乓球
换个角度看她，多么像一轮
悬挂着的浑圆的月亮

谁是那个有足够的耐心
移动一枚星球的人？从天幕
取至门楣之下，让我几欲
用湿巾擦亮她并包裹在掌心

蒲苇

白净的花絮开在我的额头之上
是加绒加厚的羽毛
植入外滩的温暖阳光中
这样的植物名字
配得上一个读诗的女子
这个人，当生于民国
长在白渡桥边
有闲的时候，会手持蒲苇
低眉而过，看着自己的足尖
和残絮飞动的影子
一簇一簇散了去
回来的时候，她仍然手持蒲苇
白花遣尽，唯有空空苇管
像帝国银行柜台上
蘸满夜色的鹅毛签字笔

散光者

随便一个普通的年轻验光师
都能看出我瞳孔里的破绽

你的真实散光度数是严重的
这样下去，你会觉得人间越来越虚幻

二十年来，我已经习惯了错觉
并把迷离、飘忽、朦胧，当成美的真相

只有迷失过，才明白瞳孔里的扭曲
比内心的挣扎轻松许多

换上一副眼镜，看清一枚星辰的孤傲
看清它，黯淡下去时，那绝命的一闪

而我身体的晶状体，这最柔情的部分
还在等待犀利的刀片，切开它

临时身份证

我现在，由一串数字和字母构成
这堪称伟大的重组和解构
均可以用代码完成
接下来，仅仅需要一次摄取
即可启动肉身平面化的手术
取出一页纸，我就可以登临深空
去亲吻云层了，也可以
卸下严重的思考，脱身为零
被一片大陆认证和领取
我还没有准备好微笑
甚至还没有来得及将天灵盖锁定入框
就被数据库快速抓取了
无形的比对，闪电般找到另一个我
我是意外的，甚至是错谬的
你神秘而又精确地震慑我的心
我配合你，从未想过抽离和反抗
像心甘情愿地，被临时抚慰

门环

一条弄堂里响起门环的声音

我愿意把这古拙而又涩滞的敲打
称为叩门
也愿意把我这位外省诗人的问候
称为干谒
我不知道自己究竟需要
门户洞开还是门扉紧闭
也不知道自己拜访的
是诗意的亡灵还是久远的虚幻

上午的阳光悬挂在门环上
铜在磨亮自己
我微微仰头
便会分走清朝的那一环微光
你若前来，会分走民国那一环
如我们都散开，逃逸
隐匿，消弭
两个朝代就会活在当代里
分毫不损地静止在弄堂的太阳穴上

一条弄堂里响着一对声音
我分不清哪一环是伤感，哪一环是孤独

病句

彭先春

出门

我出门很随意
也喜欢简单
不忘几样东西就行
身份证，钱，手机
换洗的衣服
还有一个
不要忘带手机充电器

重阳节

前天九月初九
是重阳节
各家小字辈都在请老人吃饭
我妈却在想一件事
她很固执
必须要给她大儿子
买全额医疗保险
第二天
83岁的她
还要揣着那么多钱
亲自跑一趟德阳

病句

我有职业病
不管去哪里看到一个语句
我都会想一想
今天在邮政储蓄银行
看到窗口上贴了一张告示
写着一句话
本人声明
本人仅为中国税收居民
这是客户要说的话
但不要误会
我们都是纳税居民
不是收税的人

大师

2019年10月5日晚上
在香港苏富比
常玉的《曲腿裸女》
卖出了1.98亿港元
2011年
他的《五裸女》卖到了
1.28亿港元
两幅画都刷新了
艺术家最高拍卖成交纪录

1965年冬天
一生我行我素的常玉
孤独地死在巴黎
他的坟墓
是一座无名墓

看吕克贝松的《安娜》

亚历克斯跟安娜说的那些话
我想送给你
权柄会转移
敌人会消失
只要你还活着
总会有机会
亚历克斯是俄罗斯男间谍
安娜是俄罗斯女间谍
在没有人情味的克格勃
他们都想活下来

两条人命

黄海兮

韦源口

长江往东流去
每年不断流地
向前跑
青山每年叶落
一次也不多

驳船停摆
从前码头的青石板
今天看来
除了滚动的泥沙
除了几个垂钓人
江面上
缓缓而来的货船
如果误看了风向
以为它们都是往东走

少年

晌午的狗叫
少年的口哨
划开天空的缺口

少年看见推着架子车的
卖货郎
摇摆的铃声
促使他加快脚步

跟上他
但他走得太快了
一条土狗的叫声
驱赶他
少年要的糖人
已经被另一个少年
买走
他喊着——
我用两个鸡蛋
换你一个糖人
但是——
这可怕的想法
被粉碎之后
他哭了一天的泪水
在妈妈的心里
奔跑

买东西

早上离开樟树下
去河口镇
卖一只活鸡
再买回一壶烧酒
喝了一半
咸菜佐料

因为他在河口镇
他已经喝了半壶
他要了一碟毛豆
没要花生米
剩下的钱
又买了什么
他说，喝多了
喝多了
又喝多了
这次，他没摇头
只摆手

守夜人

湖水是温和的
月亮是暗淡的
烧酒唤醒渔夫
他离开了
时间是1998年
南方，那场大水

我的故乡
被覆盖过去
但一盏船灯梦游在
荡漾的夏天
所有的风光
对人来说
全部痛失

恋人

你在梳妆
皮肤上的斑纹
已经扩大
你盯着镜子看
自己背后的
窗户外的梧桐树上
已经浓密
风从东边进来
一个人也从东边

来到你家
叫了三声名字
你出门去
看见春
从青变红

猪八

肖桂花20年前
生的儿子
变得越来越傻
村里人管他叫
猪八
有时也叫他
八戒
但更多的时候
只叫他猪
有人说这头猪
春夏秋冬
吃喝睡
傻呵呵
被人戏

有一天
他走在公路上
被车撞飞了
他们说，他命真好
值了80万
可以风光无限地下葬

两条人命

两家人住隔壁
互相骂架
东家的猪吃了
西家的菜园的白菜
于是，西家的女人
撒了农药毒死了猪

东家把死猪抬到了西家
西家的女人
于是喝农药死了
西家把死人抬到了东家

东家的女人
于是上吊死了
东家接着把死人抬到了西家

头猪和一条人命
比起另一条人命
他们都在议论
谁家的损失更大

东津诗稿

白鹤林

卡尔维诺

傍晚时分，在时常光顾的
东街红帆书店后面，我们发现一家
新开不久的书店。它有着比这个傍晚
更加幽深的门面——恰似一本书
在时间的僻壤处翻开。一楼的书架边缘
张贴着两三张古怪或生猛的纸张
像是给谁的留言。因为等待着
虚构的相遇，而露出生气的表情
两位守店的年轻女子，在观看不知名的
肥皂剧，不时传来压低的笑声
而我们来到二楼，继续猎寻一本
自由的诗篇。阁楼上的书架大部分是
倾斜的（它修正了读者的失望？）
我倾斜着身子和眼镜，把杂乱无章的书籍
浏览，却发现它们全都是陈旧的
仿佛是上个世纪的错版。当夜色完全
笼罩神秘的小书屋，我们回到
来时的街道上。跟着那寒冬夜行人
步出了装订有误的，只有开头的故事。

恰到好处

（致杰克·吉尔伯特）

我不喜欢愚蠢的封面，也不喜欢
漂亮和煽情的句子。
我不是修辞主义者、偏执狂

和哗众取宠的口语派，
也不为了反对而反对去写博客。
我喜欢笨拙的人（他在外面快乐地种豆
子）。
他总是追求少和隐秘。
好像诗人的工作不是写作，而是耕作。
而是谈话：恰到好处。

神奇

我同时读着两位诗人的两本诗集：
一个深邃隐秘，一个明亮如星。

两位诗人来自两个国度：
一位停留加州，一位长眠仙崎。

两本诗集也来路不同：
一本友人馈赠，一本网购快递。

两本诗集拥有两位译者：
一位漂泊湖北，一位幽居山口。

两位诗人也拥有两种人生：
一种痴情放浪，一种童话悲剧。

这些都不神奇，的确：
我喜爱两位诗人，并见过一位译者。

夜读庞德《诗章》

极端之午夜，寂静如一艘飞船
划过未知星球或后山的松林。有电流专注的
歌颂。
你破碎的诗章是人类之心的密码穿越
象形文字的天空而来。赠我一夕会意的秋
风。

成不了诗人

下班路上，读新买的诗集——
盖瑞·斯奈德和沈苇。
两本都很棒，因此我感到安心。
在我低头阅读时，夜幕正降临。
我想不出最好的句子，来表达我的孤独。
也许我成不了诗人，这挺好的。
因此我可以成为真诚的旁观者（而不是思想
家），
看街上人们忙碌地奔走。
或像车厢内这些无畏的年轻人，
他们一路上大声地说着话，或玩着游戏。
全然不在乎，一年将尽。

暗灯
（致罗伯特·勃莱）

午夜时刻，
读这位已经八十九岁的美国老人的诗，
就像凝视书房天花板上的一盏灯，
让我似懂非懂而又兴奋不已。

半明半暗中，
我能看见那灯的灯罩是金色的，
形状如一个蛋形鸟笼。
但是里面没有具体的鸟，

只有一只没有亮的白色灯泡。

老勃莱的深度意象诗，
是否就像这盏暗灯一样，
尚没有在我的头顶打开呢？
而只是徒具一种形式？

我猜想他也不能告诉我答案，
所以，
过了很长很长的时间后，
（或许是十二个月）
我转头朝向另一盏有亮光的台灯。

我想，
只有它是无形而不熄的，
朗照我无数个被虚度的夜晚及命运。

老人与狗，或一张乡村的照片

这不是一部硬汉小说。
因此老人不需要像圣地亚哥一样
和大海搏斗，
与鲨鱼争夺马林鱼。

当我们经过那陡峭的山间公路，
去往山顶的石椅羌寨，
老人与狗是我用手机拍摄到的一个远景。

照片中你能想象到的更远的地方，
是我们想象的山水，
以及四季寂静无声的田园。
它们在虚构中虚构了一个梦中的海。

而那海正是乡村命运的写照。
就像海明威在梦中虚构了老人，
而老人在梦中虚构了狮子。

悼阿巴斯

夏日暴雨如注，
也为你的忌辰而恸哭？
你只写过几行
短促而隽永的诗句，
恰如我们的生命
隽永而短促。

三米之外

不鲁

候鸟

十月，天空和大地扮上体面的衣装
候鸟群雄并起，他们欢腾
一夜又一夜，风无止境
他们不再惧怕五颜六色的雨滴
一夜知秋，露水在清晨惊醒
草芥之心深远而明亮，他们祈祷
继续沉睡不醒，如果还有一片云朵
不被神性覆盖，我愿意停在那里
与异乡的河流对峙而望
我愿意这是一生的时光

春日

春天尚浅，如同多年以前
你的脸上浮现的笑容
远远望去千万枝桃花转身而去
就是那时候埋下的种子
空中飘满温情脉脉的云朵
你越长越高，蝴蝶花越来越羞涩
风扬起你的裙角，你也想扬起青春的浪花
有时候只是一朵就像春风一样碎掉
你迫切离开那个身体
心是长在他乡的红梅，必须孤绝一生
春天还是浅一些，更美
你若今天才从我的口中知道
那就刚刚好，我今天正好路过一个湖泊

后山上一群鸟飞过来
最近处天色如你，轻妆淡抹

三米之外

三米之外，叽叽喳喳的鸟语
最是捉摸不透，但是它们的心
是干净的，他们的脑袋不会
忽左忽右

三里之外，至千万里
也逃不出是非之地，你能找到
唯一的好去处，只是一路的花
都失了分寸

低下头，或者再挺起胸
都已经无关大局，桃花源的女人
生完了二胎，她们再想起你
山路又多了一程

河流的尽头是大海

河流的尽头是大海，所以往低处走
去碰撞更坚硬的石头，或者亲吻它们
所到之处阳光和雨水一样温暖
大地和天空一样布满光明的前程

但是我所说的是岁月，我期盼的是
与发软的骨头和好如初，我相信
所有的凌乱必定要回到它们的源头
如是，发硬的心才能跟你的心一起跳动

百花深处

已是三更，百花深处
尚能区分夜莺的忧哭与欢笑
他们来自不同的远方
欢笑的已经找到乐土，忧哭的
正要离开那安居之地
我还在一叶扁舟上，饮酒乐甚
清风醉倒在山脚下，再也无力爬起
野鸽子宛如梦幻，跃入九霄
杜鹃花一如杜鹃的心意，次第开放
风声簌簌，露珠一颗颗滚下来
风声簌簌，它刚刚抵达百花深处
如一杯陈了千年的古酒
万物静谧的秘密一经泄露
山中再无遗世之人，但与我无关
我早已在时光之外
月光低垂，酒杯高高举起
我愿与最后一颗消沉的星星一并
孤独下去，就像领受一道圣谕
不同于天地苍茫，我们
并不是相隔甚远
你来做百花之王，飞上岛
你来宣告春天的命运
也是你，告诉我相信哪一个解铃人
酒壶要干就干吧，桃花要开
就开在一片潮湿的石头上

在飞

曹东

在西关乡睹尽夕晖

飞鸟披上天空
我披上了黑夜。

黑夜并不黑
黑夜运输着星辰。

一千只乌鸦运输着
一口收殓人世的棺木
……

浮生记

你的身体不过是一件道具
你的身体有旧版的色
常常在伤口里
不停地搬运自己

我寂寞的时候

我寂寞的时候，就独自蹲在大地上
用一块石头砸自己的影子
像铁匠趁着热力，急促地
敲打一柄铁器

让它尖锐，露出疼痛的锋芒

我想把我的影子射出去
射向人类的上游
一个穿草裙的原始部落
咀嚼青草，慢慢进化
长大
直到成为我们中间暗淡的一个

在飞

天空在飞
看不见它的翅膀
但是 在飞

几条河流跟着
也在飞
许多人指指点点
天就黑了

当天空完全离开
我们暴露无遗……

我已经不在这里

我已经不在这里 我的身体
是一个旧地址
一阵风
就把骨头吹乱

但我无法停下来
一直在黑暗的街区行走
靠着
内心那一小点毒素

他

他是一个把伤口
变成枪口的人
一个躲在泪水里
磨刀的人

他是一个在灰烬里
寻找温暖的人
一个让灰尘
开出花朵的人

两个相反的人 面容清晰
每天早晨
在你对视的镜子里

散场

一个人在大街上走
走着走着 就哭了
那么多人
闹麻麻
那么多人还是孤独的
人越多越孤独
眼泪越少越悲伤

说出

我听见了
夜好深，乌鸦在修改月亮
啄开一个出世的洞口。
许多身影走着，背半卷冷风
从纸铺的路上。
那么轻，一点力气都没有。
风把自己揉成了碎片
我听见了。我还活在世上
但那不过是
我剩下的一小部分……

月亮

无论今晚的月亮有多大
多么明亮无缺
我要用一粒针
把它从水里刺穿
让它疼
让它喘息得颤抖
它内部的光从针眼里
倾泻而出
把几千年的孤单
喷洒到我身上

日志

九月十二日
独坐黑暗中 肉体关闭
褪尽颜色
只剩几根骨头还亮着
夜幕多么广阔
像钉住
几匹细细的闪电

旅人的遐想

陈袁媛

当代结构

不要流动，也不要静止
没有喧腾，也没有安宁
这恰如其分的中间地带
让多少喘息丧生

如果比盲目再多一些盲目
松掉克制的绑
允许一个人类在悬崖上舞蹈
在爆裂的指尖嘶嚎

不是摧毁
也不是遁入乌托邦
有一些夹缝，狭隘得能长草
却塞不进一个笔尖的诉求

当你问我好吗

当你问我好吗
我掐了一片叶子，放逐
也放逐了我的文明，所受的教育
向铁窗外吐了痰，扔了烟头

好吗？忏悔，不要慈悲与善良
把自己放到对岸
隔岸观火，才知道那头的你细微如同沙粒
路灯微弱过烛光

而我们不要消失于波光流水
不要比尘埃孱弱
不要埋在水泥之中
不要痴痴等待一个重大的降临

如果生活是无味的
那我宁愿跃进眼前的河，搏了命游到彼岸
证明不只是漂泊
不只是呐喊与深夜流泪
还有一只飞蚁振翅的勇气
低空飞行，也高于水平线

你的诗

一天晚上，意识到我爱慕着你的诗
把它带上旅途，有时是黎明
一群人在车站门口烧火取暖
那火光映在纸上，我看见你从上个世纪初期
拄着拐杖走来
眼镜后面，你目光深邃

另一天下午，大雨滂沱的楼顶
寒冬季节里，身处热带
暴雨，激起一阵心中狂喜
我努力按捺住早春的野草勃发
探出半个身子淋在雨中，呼喊楼下的女伴
她听我读诗，句子都消散在水汽里
我们同时感受到一种幻觉
那是狂乱之后的安宁

此后，我会独自朗读
偶尔，有陌生男人加入
他们说你是异教徒、分裂者
他们并不懂你
我只是爱慕你
我也不懂你

山顶线

分离和链接的地带
在黑白昼夜交换的时间
缓慢地交融，互相虚化
彼此含住彼此，吞没

一半是渐变的蓝；舒缓的，精致的
一半是铺洒的绿；幽深的，沉着的
有时，我渴望成为那之间的
山顶上的风车
或者被它的风吹得四散
以土地的苍凉平息天上的炙热
将空中的温和浸入皴裂的山谷
洞悉，甚至渗透对方
直到松塔落入老妇的心

旅人的遐想

把生活的向往写进诗里
写在一个和城市保持安全距离的村子
清真饭馆，理发店，豌豆花儿
躺在院子里听一首歌
直到被午后的光醉成微醺

晒干的衣服是皂角的香
雨水丰沛了一池薄荷，两条闲鱼
在村道的石板上

坐着一个缄默的你一个寂静的我
一阵风扑来
夹着冬季暖阳和蚕豆花香
假寐的两人彼此暗笑

回家路过别人的院子
烂熟的柿子挂在枝头
我说想尝尝蜜一样的甜
你却回答让它们挂在枝头蛮好

三块饼干

罗亮

短章

31号，砍掉枝叶
这个年龄
是动手的最好年龄

不必借夜色执行

我用细节描写方法
集中在
你的双峰，或精神层面

不必借夜色接近

我的上半生太正统了
下半生想

相对于浪子和残渣

变成一朵浪花

夜色

有人叫我罗先生，我很紧张，
我惧怕他的第二句话

我正在和一只鸟沟通
我怕对话不和谐

我怕第三者

那鸟，那刚读完佩索阿的人
别写诗了。和我一起去做生意吧。这样我觉得很累，
但不是我一个人很累

夜莺要歌唱
我们要寻找，并遭遇到野狼

你不要让我再紧张

但在语言中再活一次的人寻求紧张

三块饼干

我只有三块饼干，分别是变形的
荒诞的，绝望的

我俩极具争议地品尝
关系和谐
又破裂
我俩关系的破裂
经得住时间考验

没有人再愿意像这样
进一步
思维混乱
除非他有更深刻的
悲悯

我问第七块饼干，我是名优秀飞行员，甚至是海鸥
但我能不能逃离海洋
我又转身问桌布，桌子会不会突然消失

静夜诗

今夜我通过繁重的工作实现了休息

压力使酒醇
我的触须爬，爬进那人的窗口

那人在里面念情书
他向爱情投降?
他向柔软的事物投降

他的眼神
和草木一样清纯
干净的人应该三番五次生病
我喂他
一勺蜜

清晨颂

鸟鸣融化了城堡
一切是流质的；你意识焦煳或有痛苦或有芬香
每个人心中都有一群裸体婴儿。乔木向上，灌木低伏
我有两句话
变成了草坪
你的理解力抵达鱼塘
而外面尚有巢湖与东海
有鳌鱼和鼋

有人说异化、“语言的本质”、潜意识推翻
了阐释的大山，
把一个庸人推倒在地
有人说不确定的呈现上了火车
一路向西，城墙崩塌
鸟不只是鸣在一日一晨，我只是把身体放
低，踩它腾空。
我只是一动不动
在卧榻之上享受了变形原理与真理

春天的诗与秋天的诗

吕达

一生

一生能完成的事不过是
绿色悄悄爬上树梢时
我抬起了头
日头照着我们所有的人

20岁时我熬过了生死
30岁时又熬过了中年
这些都是危险的事
现在我的生活趋于平静和忍耐
也许正是为了那一点点的甜

如果我写信
最终也没有收信人
如果我结婚
儿女终将长大成人
想象他半是娇羞半是恼地
诉说关于初恋的烦恼
红晕也会飞上我的双颊

人世以不完美的方式让我去爱
流水以回环往复的音乐
万古长青
60岁的我也将以此熬过老年

生活的凹面就找到了与之相契合的凸面
但愿这种建设足以支撑我们
度过艰难而笑意盈盈的一生
夏天过后是另一个春天

岛屿

为一个具体的地方命名
不过是为了让自己有一个故乡
“我来自那河水清清的地方……”
但我走了很远的路才发现
那儿与别处并无不同
甚至在相当长的一段时间内
那儿显得不近人情和可憎
我身披铠甲，携带高贵的佩剑
远走他乡，四处建造风车
认真地投入战斗
河流带走了生活留下了岛屿
我似信非信：这就是我的家园
河水清清，把我珍珠一样嵌在中央

初夏

在这古老沉默的大地上
我是18岁的老人也是80岁的孩童
死亡如同姐妹住在我们中间

每一年树梢上的新芽都会按时
沿着树皮粗糙坚硬的结节攀援而上
直至形成伞形的巨大轮廓
每一天我们都经历过死亡般的睡眠
第二天醒来时又重获新生般希望满怀
春天过后是夏天

仪式仍在重复
晨光仍然显现出完好无损的美
万物借着时光仍在磨蚀我们
语言发轫之处，我的工作
不过是在旧房子上新加了一块瓦片

夜莺的故事

她既不严肃也不轻佻
老老实实站在枝头做自己的梦
刚刚获悉自己从事的
是世上最危险的事业
语言是她唯一的武器

人间的流浪歌手来到树下
他有一把音色优美的木琴
琴音震颤的时候
她胸前血色的记号会加深

诗先于思想就如歌先于回应
掌握有限的语汇和曲调不足以
把自己赤露敞开
环绕良木的天宇使她一退再退
是换一种编码继续高明的伪装
还是放弃昭然的证据

余音中他衷肠娓娓替她回答：
有一个地方人们魂牵梦萦
最后还是把从那儿带来的长袍随手转赠给了
一个无关的人

接近沉默的长长的休止后
她手无寸铁
是世间最无妨的夜莺一只

在野外唱的歌

苍苔长在它认为舒适的角落
溪水只按自己的意愿流淌
青山什么都不愿意挪动
蓑羽鹤没想过要成为丹顶鹤
野花从来不羡慕别的花

只要给我一小片风景我就能活下去
你的眼睛银饰一样发过光
即使我从来没有漂亮过
你也会来看我吗?

地下铁司机

时间的难以估量的脚步如何察觉
当你一整天都在轰隆隆的响声中摇晃
幽暗的地下除了隧道里的灯带以外
再也没有什么富有生机的颜色或物体
能够抓住你的眼球引起你的愉悦
但你必须目不转睛盯着被切割的黑暗
虽然每一段之间并无不同
因为每隔三或五分钟
你必须让脚下这个庞然大物反复演练
从腾跃忽至静止的技艺
就像驯兽师无心惹怒一头危险的雄狮
之后却能施以安抚使它准确躺卧在你脚边
掌握节奏和力度是绝妙的艺术
我们看为重要的一生也是如此
一站又一站，永远没完
一天又一天，你计算着何时重返地面
那里孩子们开心地舔着甜冰棍
还不知道什么是苦味

我知道他终将原谅我

漫长的下午
阴影退去，我躲在暗中
祈祷无可追忆的日子

贪吃蛇在云层下欢快地奔跑
我们温顺地被吃进它的铁肚子
今天刮过风了，天蓝得让人想要
为它牺牲点什么，但它不会
因为我的狂喜而放弃自己的欢娱

人生是由快乐联结起来的苦难史
没有例外，我知道
上帝为我们每个人安排了一种生活
就算它被我们过成了别的样子
太阳仍挂在天空
迷人的人会有千万个
让我爱也爱不过来

一首好诗曾来过人间

当我从无人问津的小巷经过
槐树伸展它的躯干
小小的槐花纷纷跳下枝头
它蝴蝶般朴素
折叠着淡色的裙裾
躺在我脚掌必经之路上
毫无疑惧
好似我们年少时的恋人
承受着两种截然不同的命运

当我从无人问津的树下经过
槐花轻拍我的肩膀

好像我是人间的贵客

春天的诗与秋天的诗

树木一定是因为痛苦而分开枝杈
又因为好心而允许那么小的鸟儿
在它身上做窝，一边啼鸣
一边养育后代，有时候也在那死去

人一定是因为永恒而沉入生活
当他做梦，为梦中的人挂心
又被不同的细节惊扰，悲剧的源头
不过是他对世界的爱稍稍显得贪婪

一颗梨分开了自己，献上了甜蜜
兜兜转转的人发现，梦境不断复活
原因竟毫不起眼，但那些景色构成一生的回忆

历经世事和时间的熬炼后
来自他乡的人去了另一个他乡
开辟了新的葡萄园，种上了桑树和槐树

做一个无用的人

侯乃琦

少女

春天有两颗宠坏的少女心，
一个叫莺莺，一个叫燕燕：
两颗孪生种子，从泥土里探出头，
喊出：亲爱的！
这发芽的词，试探着我。

声音

凝视那寡情的黄昏，
瞳孔收了魂。
他伪装成雅皮穿得西装革履。
打一个玩世不恭的嗝，锁在铁链等死。

当肉体在出生前死亡，何者坐拥虚名。
真相躲在偏旁，用唇语交流。
坏电视的杂音和旧磁带里的一万种昆虫对话，
我还做不到录音笔那样
对什么都耳顺。
灵魂粗壮的指挥棒传递到女人身体。

皮肤扭动成蛇，标记七寸。
我没有三寸金莲，
脱下丝袜，向天空抛去。
仙女的发带落回手中。

寄秋

九月，万物轻颓废。
白色幻想，如果岁月折返，
回到这宫殿，这扇门
敞开心扉，进入里尔克的秋日。
一卷胶片，留下缪斯经过纸上的痕迹。
路人瞬间变成故旧。

树叶藏着深邃哲思，吹向未来的风
也吹向一尾鱼。
小草生长民主湖畔，小提琴寂静。

我手边是你赠予的种子，
玻璃球开花在心房窗台，
你是守望者，季节咏叹田野不枯，
天空单薄，披上外套和古老灵魂。
黄澄澄的月像孩子踢飞的皮球。

秋天的城

秋风叹息，故事轻盈如文字。
在苦思冥想的日和月里，
伊人有怎样的脸庞，
有怎样的年和岁。

落日一步便走过
七分之一个半球。
那里，秋更深，叶更瘦。
风像鸟儿一般掠过头顶。

巷尾，一个恍惚的影子，
像虚无的介质在空气里游泳。
雨水清澈，洗着城和心中的塘。
远方，透着天外的光。

街头，我手中的秋天轻薄。
我感觉到的温暖，
有时候像伤口，
有时候像一双漆黑的眼睛。

裂谷

你的身体长满情的毛孔和鳞片，
呼吸让爱开花。
漫山遍野，动物荒芜，
我看见落日下，屋顶撑开绿伞。
你带着整整一箱时间，与我挥霍。

鸟是树的孩子，衔心头血而生。
天空布满乌云，为母亲掩护。
无需争辩，角落里冷漠的蛛网。
光线与阴暗交织，
变成一团乱蓬蓬的头发。

你是我最后的深信和怀疑。
在我偶然的幻觉中，
未来倾泻在大裂谷之间，
携泥沙一起冲垮心防。
什么是无坚不摧？

叩问灵魂、闪电，我的直觉，
那像是一瞬间。
当弓箭射向野兔，
它一跃变成鹿。

没有一条路

黄挺松

彩虹的寂静

大雨不能阻止的
人心也不能阻止

彩虹在被一个人喊亮之后
同时献出了天空
它瞬间团结的众人之望

所归的，是彩虹的寂静
那里，一条吸暗的引绳蹿动
集体牵制着人们
灼灼冒险的，火苗和泪水

城市这边

城市这边是
山河分裂出黑暗的中心
三件事物的侍奉
器具，窗户，网
我无时不在遮蔽的身体里
旧目的无一不至
新歌声，渐次戛然而止

我的心中
波涛时而翻滚
它隔绝的完我，持久剩余在
鸥鸟的碎唤

难以一再惊醒的清晨
由梦中逃出的泪水
含着我唯一静僻的浩渺
一望无际它的涌凝里
云团纵野，掩着群峰来临

煤球和落叶

小面馆堆烧着煤球
偶尔还会巧遇那送煤的汉子
黑着脸，黑着手
同我一样点一碗红油白面

来来去去的路上
我擦身而过一排排行道树
几年间，我碰到过
枯死的，熏死的，砍死的和
长着长着想象里就老死的

现在是秋天，它们中
落叶纷纷，总有无故的几片
将我迷乱于眼前或臂梢
一旦透过它们，我不时恍见
天地交混，现出那煤球般
我死过几生方才凝结的黑土

猪牙花

一朵猪牙花，从蛮荒
爱到令人惊慌。
晶莹剔透，你爱着
我那稚弱的朝露
直至老迈的我这暮霭。
一季一季。一岁一岁。
爱，多么古老。
爱，多么新鲜。
将我爱忘在风眠的彼岸，
你自爱那永恒的玲珑
和，我再无肉身许以赞美
流动着哀愁的河山。

红灯记

人行斑马线一端，红灯
走我前面的那位
毫不理睬什么地前行着
恍然的辅警，截不住他了

他径直离开我们的一刻
我是急切想喊住他的
然而不知道为什么
我压根没有喊出来
这一大群人也都不知道
为什么没有一句

从他们口中喊出那
轻易就能阻止的断喝声

没有一条路

没有一条路
会踩着我们的主意
它改变的自身
是延展，是荒没

我们的每一步里
都陷着大海
而路上踏空的扬尘
海水也吸纳不尽

没有一条路
能让我们抵达什么

都矗立着一个助动词

它领着脚步
密密麻麻消失的

是人造的句子
是句子使役的方向崩溃

一块石头的内心

"我将以何为狱？"
"你宁可驻入一块石头的内心。"

静默，坚毅，一块石头
落幕着自体，耐心外溢的永夜

阳光无痕，雨水无痕
你从阴影里剥落的尘霾，无痕

一块石头的内心，凝滞着
岩浆热烈包孕的，大海和星辰

借由时间一往无欲的馈赠
一块石头，它古老内心的岩浆

正在如期渗入人间，履约而
决不扰动，偏废于人心的善恶

站牌

每一座站牌

草木人间

黄小培

雨后时光

雨整整下了两天，空气中饱含水分，
给花草、树木、庄稼以希望，
给那些活在草木间的人心以希望。
雨后的清静来自停在枝桠间的微风，
树下的落叶，空气里盛开的芬芳……
像一个人，我们分别已久，
沿着一条长长小路一直走下去，
不说话，感受时光流逝，而生命永恒寂静。
这时缓慢的白云从头顶飘过，
作为可靠的飘浮物，它们曾是
冰雹、雪、水滴、蒸汽，
在人间塑造不同形状的果实，
也融进不同滋味的人心。
明晃晃的晌午时光里，万物通体透亮，
呼应一颗湿润的心。在我们之间，
仿佛有一个清凉的深渊，
让人多想靠近一点，再靠近一点，
然后深深呼吸，突然流泪。

草木人间

暑热渐渐消去，微风吹开了草木的眼睛。
庭院里，花草泼洒的绿意在此刻
有一股清新慵懒的气息。
这是草木的傍晚，
也是时间打开的另外一个出口。

四季梅鲜红的花瓣撑起火热的生活，
它的背后是一小片清凉的阴影，
绿萝从花盆里蜿蜒垂下幽静的语言，
三叶草举着它的小伞四处张望，
细微的悸动被空气里清香的气息掩盖，
苦瓜挂在藤上，一天比一天壮硕，
它的苦曾教会我认识甜，或者更多。
一切都有合理的安排，万物的教义里
有比我更丰富而隐忍的一生……
这一生静悄悄的喜悦、悲伤、愤怒、焦躁，
都有着天然而适度的分量。
仿佛夏天已经很远了，万物历经沧桑
之后已经沉静下来，只有我知道。
坐在花草之间，像一头疗伤的小兽，
静静感受它们的晃动，
除了晃动，它们不会别的。
除了晃动，你无法领会更多。

房屋有心

在我住进来之前，所有的时光都飘着浮尘，
从窗口流进的光芒又一点不少地
从窗口流出。
我不来，房屋的等待
在我身上，就永远是空的。
我住进来，光芒有了逗留的意义，
像水找到了游鱼，它的白天和夜晚
有了我的呼吸、心跳、温度，
我喜悦或苦闷的气息。
幸福就是它的样子里有我。
房屋因我有了一颗心，有了我的记忆，
旧事里的长夜和向阳的坡度，
它感受我，用每一件我用过的物品，
在我的白纸上慢慢渗出月光。
书本知道我的阅读，床知道我的睡眠，
台灯知道我身体背面的阴影，
我贫困的梦想，和突然涌出的热泪。
房屋有心，在每一件东西
望向我时的目光里。
它知道我，有时候迎进来风和鸟鸣，
有时候迎进来斜斜的雨丝，
更多时候成为我白天的星星。

有所依

一场大雨，让蓝底白花的天空
看起来像是一种朴素的安慰。
桂花树有一张刚刚冲洗过的脸，
它的香气尖锐、明亮，
有一股残酒不消的浓愁。
大风大雨已经过去，
大风大浪化作片刻的寂静。
身陷于初秋的薄凉是可耻的，
风声有时会像婴儿的啼哭
清空多余的飘浮物，
可一切的淹没都会再次从心开始，
比如不时涌来的喧嚣、光芒、爱和苦痛。
宁静的天空是一种隐喻，
雨水的深渊像一个魔咒含蓄着人间，
片刻的出神，内心似满还空。
其实什么都不曾被带走，
什么也没有真正停留下来。
只有丝绸一般的悲凉，
光滑、平静、持久而飘忽，
让一颗心在下沉中，柔弱而体面。

黄昏

斜射的光线拉长了万物的影子，
此刻道路平坦，天空明净，
远方的群山在远方沉默，
朵朵浮云组成广阔的寂静。
我们共同的呼吸让一朵野花
和一株野草再一次拥抱，
它们将它们的爱情留在了风中。
这是可供慢慢挥霍的黄昏，
也是青菜、土豆、树丫、池塘的黄昏，
身体里有泥土的命、石头的命、草木的命，
它们都有各自的安排。
不时响起的鸟鸣，仿若洒落的雨露，
鸟鸣密集时，感觉自己也是
夹杂其中的一滴，
除了空气和水滴，没有别的存在。
天色渐暗，渐清澈，
短暂的抽离感，仿佛来到了
一个无人的世界，
当我感到自己的存在是一些事物
看不到的部分，没有什么比我更像深渊。
渐渐微弱的光还在试图照耀大地，
然后一切都结束了，
一个人深陷其中，逐渐变得模糊，
而寂静早已带走了他的舌头。

这大地上的植被

漆宇勤

这大地上的植被

大地上的植被是温柔抑或坚硬
此前你从来没有想过
此前你只是索取：向众多植物要温饱
向大树要甜蜜果实，向庄稼要果腹之粮
向青草要繁茂枝叶，向菌类要美味之源
你从没有想过大地的感受
它给你以最温柔的植被包裹
像一个人从不表现自己暴怒或坚硬的一面
通过草木这个中间人
大地向你奉献它自己：
食粮、温暖、呼吸，美好的一切
想到这些，你几乎吓了一跳
大地对它的植被远比对人宠爱
一个人的命脉都在草木身上
而植物养活它自己
像一个人的繁殖和老病都靠自己完成
现在你终于明白
大地上的植物是温柔抑或是坚硬的
得到温柔的答复，你就无比满足

决明子

满世界的人需要明目、降脂
这模糊而黏稠的人间等待决明子治疗

我们在野生野长的河流边散步

讨论野生野长的决明子每晚闭合叶片
被观察的植物也会疲累，等待一场睡眠

它味苦、甘、咸，性微寒
不走极端，将高处的血压血脂劝下来
在长江以南地区生活的草木都柔和
一年一度的枯荣到黄花开时便过半

开黄花的决明子舒展叶片
迎着晨风在野生野长的土地上抖动
按部就班风轻云淡缓慢成长就好
它不铆足劲催促有用的果实加速成熟
它不知道自己是有用的植物

油茶

硬骨头在瘠薄的山岭上活着
长得缓慢又坚强
油茶树是柴火房里最靠谱的温度

趁着霜降抓紧开白花吐黄蕊
山野里寂寞地清冷着
与三十种野果说告别也与三十种
虫豸鸟兽行见面礼

更多地方称呼为“木子”
草木里皇族般的名姓，简单直白又
隐晦。隐晦地指向一次压榨
一次坚硬与坚硬的碰撞
佛前的灯盏与妇人手下的菜锅

同时拥有着出尘味与红尘味
同时向茶油发出嗷嗷待哺的呼唤

柳

系住蚱蜢舟，系住回头的目光
亲水的植物有着水的柔软

蝉鸣躲在夏天的深处
偷看光屁股的孩子在河里沉浮
那一年大水，那一年大旱
上游漂来谁家抛下的绣花鞋，漂来
果腹的青南瓜。停在柳荫下

一切的柳树都属木，生生不息
我曾折柳为帽，斫柳筑堤
也吹柳哨。柔软枝条串起钓归的银鲤
夕阳半落处，走失的孩子回望炊烟
像在对着什么东西进行恳求与挽留

辛夷

早丁叶了抛头露面的花朵都是急性子
有着早春的冰凉和孤绝的热烈
你不承认是紫色的风带来紫色的春天
不承认速朽的花瓣关涉长久的缠绵

将少量的辛夷从大量的玉兰中分辨出来
鼻塞的人被夭折的花蕾所救赎
现在你也嗅觉灵敏，对万事万物随时表达
感激涕零

我只在三月的美好中找最美好的部分
一切类似辛夷的好名字都被标注重点
标注九窍中保持开拓之姿的一味良药
一年里有一段时光我也属于木兰科
属于独自站在树枝顶端芳香走窜的
望春花

爬山虎

向十三种藤蔓致以错认的歉意
此前我喜欢爬山的老虎这种
植物。
喜欢自私地将每一种攀附于墙的藤蔓
指认为爬山虎
直到后来认识了：凌霄，常春藤，薜荔，络石……

只有唯一的地锦真实指向爬山的虎
葆有最充足的勇气与韧性，它随和且包容
喜阴湿，耐强光，耐寒，耐旱，耐贫瘠，耐修剪
你相信植物界的全部美德都在于此了
都在吸附于墙壁的一小片绿色

古老而崇高的长城脚下
你看见年幼的爬山虎正在移动
它伸出细细的爪子向前试探又被风吹了回来
五月的地锦累断了自己疲惫的脚
光滑的水泥桥墩上
留下褐黄色小巧的爪子不再前行
多像闹市区一头幼虎的脚印

信或者其他

阿雅

信或者其他

弦断或绕树三匝都是悲凉之事
太多的信没有地址或夭折在路上

孩子的书包、生病的老人、越来越高的房价
越来越低的赞美……
这些起句里的问号、感叹号
被风吹着，滚来滚去
滚来滚去的还有大把的泪水、疼痛
疼痛之上之下深渊或稻草的犹疑

一封信里的悬崖和梯子正被雨水说出
而我们，只是排列其中的石头、木块
间或旁边的青草
被用来记录荒野的变迁、一页白纸里的波涛
以及色彩

结局成谜。是的，每一封信，都有奇妙的旅
行
历史是最好的倾听者么?
被替代的词语还在奔跑，他无法停下
他要穿过悲凉，在漫天星光下把怯懦和疲惫
一点点打扫干净

离歌

时间是个谎言

我在无数场雨里，不停地
抵达和回想
在另一片星空，看你忽然抬头
一些光向右倾斜
无数条河流将我冲向高处

一尺之外，星空旋转
我的怀里，开满隐秘的梨花白

一起旋转的，还有浩瀚的文字
和你相遇的黄昏
我们带着各自的波涛、疲惫、饮酒的对白
带着别离

是的，我用一生的时光向你告别
用一场场不甘心的雨
一次次铺开新纸，向你告别
并，发出邀请

满目梨花白

一身流水，满目梨花
一瓣、一树、一山
除了把自己也开成梨花，抚慰来路
我还能为春天准备些什么？

每天上班，那些迎面的车流
似乎都碾碎了我身体的一部分
这快速、无力挽留的翻转
似乎也碎掉并加剧了梨花的盛开

那些醒着的盛开，都是生活和爱情的勇士
孤独的旅者
她们柔软，明亮，向死而生
她们一转身，雨后的枝条，又柔软了一寸

风继续吹，满目梨花雨，簌簌而下的
寂静，是这春日热烈的一部分
一如，我们的一生，都是离开的一部分
是梨花固执的凉和白，以及
书页间用力翻动的
沙沙声

青未了

在一次远望里，他有向上的赞美
在无尽的追逐中，他有戛然而止的悲伤

我一厢情愿地认为，我所有的枝条都有他的
　影子
发呆、阅读、旅行，在案上铺开柴米
重庆的细雨、北方的大雪
夜深人静时，身体里越来越清醒的
痛

长醉不醒，是我此刻的快乐
一万朵梨花砸下
门窗被又一茬青推开
那未曾被发现的美正在被他说出
替代

苦的，甜的，青未了，青未了
青青河畔草
青青……
青青……

我一直是追着列车奔跑的人

70年是一列，各种指令亦是
还有话语和视线、撑起的天空
以及死亡和热爱
……
那么多的列车
它们每天都在我的身旁呼啸，周边
草木动容，尘埃被掀起
那滴刚刚凝成的露水
似乎也加快了它的滚动

我一直是追着列车奔跑的人
小心翼翼地抬头，看被列车甩下的部分
惊心的现场，无数场雨水
那么多，都是自己的碎片

刚好，是多么奢侈的一个词
我无数次梦到，一列列车在我就要抵达时开走
规则时刻在变，除了爱和良知
我再也没有什么可以交出了
我草木皆兵的日子跌跌撞撞的
“房贷、体制外、孩子的课本……”

跌跌撞撞的，还有雨的清晨、深夜的阅读
落在纸上的越来越多的水声
还好，我这个落后的人
一直在奔跑，在列车的后面

G弦上的咏叹调

风把瓦上的雪一遍遍吹薄
人间如水
每个生命都是水的孩子
有自己的流向、语言、枝桠
悬而未决的出口
我又一次看到了
你沾满露水的鞋子，空着的酒杯
长草的文字
她们伸展，向上，回旋
在无限的轮回里
万物寂静，唯有你满身的流水
不停地碎裂，重组

用一面微甜的镜子，倒映雪
以及这个微凉的世界

远方眺望的影子

阿卓日古

眼神

瓦板屋上的木板
预留了一只候鸟的鸣叫
那是辽远山冈
安放的神灵
舅舅在前
山羊在后
神鬼相依
山林走出的都是
善良的眼神

深秋的大关坪

开始叶落
卡住树梢上要走的云雀
开始收割
苦荞坐满山冈
这让我想到
西藏的本教教徒
端坐山野，念念有词
袈裟和经卷
被风吹响

五月的早晨

听见山风
听见老人的茶罐响动
老了，什么都需要赶早
时间，和猫一同被翻滚的浓茶
弄醒
隔壁的铁匠铺捶打着光阴和
硬邦邦的生铁
那位老人又准时抬出，寿衣
晾晒

风声

进入山冈，密不透风的不止
人声，还有站在高原的云南松
山风，在高原对着
一对山雀的羽毛，吐露真心
山冈的多情者
他们依偎山林时
云南松就轻轻松动
忠贞的誓言

抵达

像一个耐心的成语
把一些人
成功放到江边
把一些人，悄悄埋进土地
江水湍急，足以掀起
一个男人的泪水
河堤肥沃
足以养育，一座座墓碑

暴雨之前

方健荣

在敦煌

你知，暮色会与沙漠
连在一起
星空巨大到天之外
天籁的响声
与飞机一同降临

这么小，小小的怀抱
比绿洲大不了多少，但飞鸟
似乎，永远有一个高的庙堂
而我微微发汗的额头
和赶骆驼的人
多年来没有两样
我要走很远的路
阳关也要走很远的路
这样，在千年之后
才有一次真正的相遇

多数时候，和家人一起
和朋友喝如血的葡萄红酒
很久都不去莫高窟
其实，佛在心里
不只在山上的洞里
在一棵树、一朵花或别处
神奇的佛手
在初夏，把净水或善意
变成了一场最及时的细雨

2018元月某日小记

久不写诗，在高原上
雪一连下了数日
风景与美，绵延、渐远

夜晚，与妻子女儿踩雪归来
突然看见月亮又圆了
女儿惊奇地
抱紧她的妈妈
我则提着两大包东西
手指冻痛了，又似很幸福

包里有刚从书店买的新书
有一瓶红酒，还有花生、茶叶
我已不怕自己快50岁了
自知自喜，书中36页处
是我去年写的一首小诗

我可以念给你听的
可以念给妻子和女儿
可以念给
这冬雪时节最圆的月亮

其时，我仰着头
眼眶冰凉，内心澎湃

我热爱，如此这般的生活

既使冬天寒冷，也要在早晨打开窗户
让炉火的热，和初升的朝阳
彼此呼应

我要站在窗前，深深呼吸
我知道我呼吸的也是
群山、旷野、河流呼吸过的
草木和冰雪的气息
一匹马在路上的气息

我喜欢让一抹小小刀子般的冷
擦拭我的脸颊
就像这天地之灵气
把我的肺我的心
我的身体
我的五脏六腑悄悄地洗了三遍

我喜欢远远地望
那山脊上滚动向上的太阳
有多少人开始了他们的远行
那些新鲜的车辙
真像两行热泪

此刻，它们就挂在
我热爱的脸上

暴雨之前

看见天空中
一白衣男子
佩挂一柄宝剑

这个人，似曾相识
这个人，是否
一直走在天上
只是，为什么
我从来看不见

李白看见过吗

苏轼看见过吗
那时
他也一定在天上

在每一场暴雨之前
雷声轰响
噢，他出场了
身佩宝剑的人呵
锋芒，在滚烫血液
在无比悠久的内心

突然拔剑的瞬间
这个高高在天上的人
却将尘世里浑浑浑噩噩
做梦的人
唤醒

在两个世界里

和你面对面而坐
但其实我们在两个世界里

你还是那么孤独
我亦是如此疲惫

这早上的太阳
把阳光均匀地洒在你我的身上

没有人关心精神的缺席
我们还说了两句贴切的话

我们在两个多么不同的世界
但对此，你又一无所知

入虎山

超玉李

锁

去龙华寺。是我出手最大方的一次
用几张大红牛积功德
请求高僧赐我刚满月不久的儿：长命锁、富贵锁

长命锁戴在我儿左手，据说神就会庇佑我儿
长命百岁
富贵锁挂在我儿胸前，据说神就会庇佑我儿
衣食无忧

如果，二十九年前
小我两岁的妹妹，左手也戴上长命锁
是不是就可以免除，在襁褓中夭折
胸前也戴上富贵锁
是不是此生，就可以像哥哥一样，衣食无忧
是不是呀，就会锁住母亲的心？
是不是呀，就可以嫁人了，锁住一个男人的心？

高峰寺下

胸朝北，背
朝南，像两片鸟的翅膀
高峰山，盘旋天空
只比天空，矮半个头
高齐耳廓

在峰的至高处，有一座寺
叫高峰寺，寺北的山下
住着神灵
每次走近，我足下轻轻
心怀敬畏，生怕打扰
山中，那些棵山神树
和沉睡的祖灵
山下，众山呈陡峭的
大鹏展翅的鸟翅状，南面
溪流自上而下，汇入文龙河
北面，溪流自上而下，自南向北，汇入一条
自西向东，彝语叫石者的河，河边住着父母
以及他们遗留给我的茅屋
田园，竹林。每次
我都坐在仙人石上
把自己喝得烂醉
因为喝醉，就不会梦见
祖父，把我这个远走他乡，漂泊天涯的不肖子
从家谱上划掉，驱逐出祖坟
一个魂不能归故土的人
终将，成为他乡，孤魂
想想，一个野鬼，多么让人心悚，毛寒

陪父亲游楚雄州福塔

磕头，烧香，积功德
对福，就像对土地和锄头的虔诚
我说，你肠胃不好
摸摸佛肚，肚子就好了
他说颈椎也疼
爬上站台，快乐得像个小孩
从一楼到顶楼
又从顶楼到一楼
逢佛必跪，必磕头
必摸颈椎
父亲真的受了佛的点化
每磕一次，每摸一回，颈椎像好了一截
我说，我也风湿
脚痛酸麻
我也抱抱佛的大腿
一下，两下
我的腿，似乎也受了佛的点化，轻了
当磕完寿苑、禄苑
所有大佛小佛
已是清晨，近正午

僧帝血

上狮山前，戒酒戒肉三日
生怕唤起，在此吃斋念佛
逃亡者的味觉
不敢高声语。生怕打扰了
参天古木上的鸟鸣
以及正续禅寺，正在蒲团上
打坐念经的建文帝

不忍看院内题诗
生怕落泪。野老吞声哭未休
萧萧白发已盈头
不忍看门楹：帝亦为僧
僧亦为帝，不如我一布衣
江湖人间，潇洒快活

如此亲情饱满之人
不愿翻看卷轴，害怕读到：
叔刀向侄，帝门有血

哀牢山饮

饮酒可忘忧，可安眠
找不到对手也没事
一杯寡酒也行
就对着一棵树，打败一棵树
自斟自饮
喜欢这种安静，这种孤独
喜欢白云不会锁喉索命
枯藤不会对我发狠发怒
小草不会对我生恨生妒
野物不会加害我
喜欢风，以及落日
脱去阿谀奉承的外衣
诚心为我鼓掌

入虎山

吃狮，吃麂，吃熊，吃鹿
也吃人，很凶
饱了就睡，酣睡，呼呼大睡
我入虎山，不是吃人
而是吃掉弱小的自己
就是以虎为师
练习凶悍，凶悍后无忧
后淡利泊名
练习梦里安然
月亮挂在树梢之时
深深睡去，在山中，沉沉

鹅黄

黄明山

恰到好处的风

植物们展开绝顶的高度
和密度。遮盖了一部分事物
缩水的世界
因为简练而变得富有玄机

各种各样的花草树木
由熟悉，到陌生
如同星空下的河流，以及
凡尘间的朋辈

保持现状是多么困难的事啊
生长意味着凋谢
五颜六色的日子总是鸟鸣晴雨
恰到好处的风
总是在不经意中，翻动
时长时消的轮回

鹅黄

一地落英，满目鹅黄
忽如睡眠的汉字铺满岁月的林荫道
林那边
点亮俯视后的眺望
或近或远
无非天外有天

苏醒原来也是这么简单
就像昙花一现
风声细
吹开伤痛周围的花朵
露凝而白曰白露
忽然知道，季节的转换早已时过境迁

擦肩而过

前面一个跛行人
只见他左臂弯曲、手指拘挛
偏瘫步态，摆动
僵直的力度
想必是中风数载有余，就像
多年以后的我

闪念中，迎面走过来
又一个跛行人
只见他手指拘挛、左臂弯曲
上下左右地摆动
用相似的隐伤叩击相似的宿命

我禁不住驻足回首
看他们如何猝然相遇或者擦肩而过
阳光下，我鄙视我的窥视
却看见两个跛行人停下脚步
恬然对话
他们的笑意，等于赎罪的机会
让我的窥视瞬间成为仰望

蝉声里

这么多的蝉声
这么多的高楼
这么多的华灯初上
这么多的蝉啊坠入忘川
随遇而安
高于我的醉生梦死
以及死去活来

比如

比如傍晚我正在赶路
一辆摩托追上来
“师傅，自行车站架没打到位
这样子很危险”
陌生的背影渐渐远去
原来是个跑外卖的

比如有的人说话
越来越动听越来越不真
就像我繁复的健康抛洒的快乐
越来越少越来越假

比如清早一架鞭
惊飞宿鸟
那么多会唱歌的翅膀
交织在晨曦里

比如月光照耀无垠的地平线
四顾茫茫
我从梦中醒来
少年不再，细雨蒙蒙

宿诗人特辑

路雅婷 钟子期 陈桥 甲悬 Mu－kinosei

路雅婷

信

头一次给你写信
乞谅并祝好
祝你安好
祝你阖宅安好
希望你这一向好
希望你这一向一切都好
祝你一年诸事顺遂
祝新禧
祝你明年百事如意
祝你近好
祝你路上好
匆匆祝你近好
匆匆祝你路上好
匆匆祝你这一向一切都好
你近来想必健康
祝你一切顺手
祝秋祺
祝俪安
祝你太太好

企图

它始终是被动着的
不能奔跑的
在与人的交往中
在城市的道路里
我所邀请的
是一匹毛色黯淡的
早已丧失了生育能力的
衰老的母马，邀请它
走进我的诗里，即便
它始终是被动着的
不能奔跑的
始终远远地站着
审视我的企图

你

从未叫过你，你
怕你跟那么多的你混淆
怕你在那么多的你中沉浮
你呀，你呀
似一叫就远了
其实我更怕
在叫你的一瞬间
我跟那么多的我混淆
我在那么多的我中沉浮
怕只要你一答应
我，就远了

见到过这样的一对
鞋，离得老远
一个巨人在走路
走一步，就倒

雪

清晨你问我
北京是不是下雪了
窗帘上
两匹斑马在对视
你又问
雪下得大吗
我把手缩回去
压在枕头底下
天花板上的那块墙皮
终于脱落
雪下得不能再厚了
我说

钟子期

一只鸟飞进我家

黄色暴雨预警即将生效，
一只鸟飞进我家
儿子发现它惊叫一声，
丈夫命令把它揪下，迅速不加犹豫
我双手扯住它的双腿
跟着它飘了一段
第一次看到我家各种细小纹路和顽固污迹
我们从餐厅飞到客厅，从客厅飞到主卧、侧卧、客卧
玩具熊半路失踪躲在床底，
蟑螂尸体过季没有迁移，还有鼻涕和餐巾纸
丈夫忍受不了
他把我带鸟一同拉下

我们跌倒在地，血从鸟眼里缓慢流下
直至干涸
我们合力把它羽毛拔干
胸腔剖开挖出内脏
一边砍成四块，两边就有八块
等锅烧热我们就有了晚餐
我们听着水烧热的声音，
睡在角落里的那只肥得像猪的白鸟也一样，
它自始至终也没说一句话，
它只是翻了个身。

给过去写信

给过去写信
安静，妈妈
让我躺下
灵魂躺下才有安宁
像还在羊水里一样
你也许都忘了
我唯一的伙伴
——脐带
把血液无偿输送给我
他们都说它物尽其用
它曾经安静犹如此刻
我在耐心等待儿子的到来
女儿啊，就不要把水淋在脸上
冰冷让你陌生
想想我们一起玩的积木
你严肃认真
摆弄着给我的晚餐
像对待一个新生儿
而我
望着窗外飞过的白鸟
还有天空诡异的灰
格外出神

白羊之歌

在欢喜雀跃的时候离开
盛产心肝脾肺肾的酒池肉林
我何其迷恋着这种缺铁式欢腾
一种无疾而终的爱恋
一场漫无目的的昏睡
我们集体作恶
杀死了数不尽的绵羊
雪白的羊毛夹杂着带血的微笑
而那些尸体
锁在密不透风的玻璃罩里
阳光也透不进的地方
钥匙不知在谁的手上

雷阵雨

桉树满山遍野
子弹打在车窗上
我在高速公路
赤脚逃亡

陈桥

圣城

我和古老
照面
擦身
回望
彼此看见
却一无所知

爸爸

最前排的一对老夫妻
恬静得像两亩地
一个动作一个眼神
悄无生息
再后排的第二对
两个老灵魂像一对老核桃
只要碰在一起
便没完没了发同一种声音
隔着两排
是一对杭州来的老姐妹
各自一台手机
你拍我，我拍你
回到孩童时的游戏
爸爸和我坐在他们后面
他紧紧不离开我
不愿意加入任何一种老去

去往亚历山大城的路上

我们的车
不知不觉驶上了海与沙漠的夹道
左边是叹息
右边也是
车上的人
都在安稳的睡里
夜抵着背
司机不发一语
此刻
在匀称的风景深处
他正小心驾驶
一颗星球

还有什么

这是在结尾了
一个句子开始有了膨胀的体积
句子末端的词
开始跑去抓另外的一些词
各种人物发出的动静
被时间收敛一些
覆盖一些
漏掉一些
没发出动静的
灰尘，床单，垃圾，瓶子
面对面，背靠背
合在了一起
松弛下来的手
倒掉烟缸
搁在冰凉的水槽上

甲悬

留言条之一

她说：“明白，长官”
我们看起来
就像是活在一场战争
可所有的血雨腥风
都会
在秋天渐渐澄澈
爱人我多么想
也让我的生日为你奔驰
从一个日子到另一个日子
人类不觉苦难
当我抱起你的夜
让所有的月光在雨中升起来吧

一九九九

用头抵住墙角
我的胡须便像疯草一样长
Childhood
我想到很多次面向湖泊的远眺
目光如同坚挺的阳具
一九九九年的五月末
我与痛苦之间的尺度
仅仅一个季节

生辰

生辰没那么重要
可我总小心翼翼地
将别人的出生年份和父亲比较
到底在害怕什么
我也不清楚
有一天我想
父亲要是老了
我就用他年轻的身份继续活着
去他年轻时候跑摩托的城市
找到跟随他老去的几个情人
迈着他年轻时候的迪斯科舞步
再礼貌性地叼根烟
转到她们身后说
你看，我和你们提过的
不如早点去看看大海

江湖

女人们是大半江湖
可就像一壶茶只泡三开
江湖也活不过七年八载
至于男人，他妈的自以为
是英雄的男人们
丢一把斧头
不去开山救母
卑贱地朝女人走去
卑贱地说要杀了她们
他要取回他的肋骨
再放回蛇的七寸
他也许弄错了
一定是弄错了
没人告诉过他这样的道理

不过蛇死了
女人们和江湖呢
男人还在想着
这把斧头，够不够锋利

Mu

起风

风穿过我
我穿过黄昏
这些年
总有什么东西动了一下
成为风

这些年
我们一阵一阵刮起自己
穿来穿去
在那些洞里
褶皱里

此刻，我们相对静止
先不要动
让那阵夹在中间的风
再吹一会儿

他们合力抬走了雕像

据说鸟类的语言有两千多种
有的鸟还会双语交流
1960年科学家甚至发现了
乌鸦的方言，几千年前
人类开始研究山的语言
让山开口说话
至今都是世界难题
1949年夏天，山西境内
一块巨石被秘密运出
一群来自河北保定和福建惠安的
石雕艺人，20个昼夜不休
390万次向它实施引诱、质问和拷打
顽固的巨石终于原形毕露
但在2018年初夏
据说是一群来自太行山脉的哑巴
穿过月下的广场
合力抬走了他们的父亲

一面湖水忽然老去

施坦贝格湖脸上
乌云闪着银光
年轻的人们不怕雨
他们在雨中散步
一圈挨着一圈
脚步和雨水一齐落下
一只巨大的钟盘
秒针落下
一圈挨着一圈
一面湖水忽然老去

哑巴

那么好看的一个女人

在风中
不说话
指挥着风
所有的叶子，光影
以及我脑海里的
都跟着
飞舞起来

– kinosei

3.12

小葛让我
去科研院领本子
各种路边花
落在车顶上

人闲落花生
饥饿感也淡了

若松

若年轻的松，若矮小的松
若临海立起的松林
若海风吹过，耳边的松涛
若有音乐就有响滩
若远眺男岛、女岛的恋人
分开刻字，依偎，若在灯塔下
若半岛指向远方的陆地
若没有形状的水和云
若巨大的叶片收集风和光
若临海立起的松林
若十一月
若并没有很多岩
若冲浪的人
若雨已推迟至后半夜
若错过与你的夏天以后
跨海桥上花火为夜空点起耳环
若清晨目之所见的蓝
蓝以下一线之隔的蓝
若临海立起的松林

receipt

五个月之后
再去湖边散步
无人捡拾的苹果
会换成野茴香

有荤腥的阳光
和鲸鱼形状的
半只牛油果

诸如上述
包成饺子

凌晨一点三十分的跑酷

我马不停蹄的猫咪
马不停蹄。

刘丽朵笔下的诗人们

刘丽朵

他是哈尔滨这座洋气的城市里唯一值得流着眼泪热爱的男人

在距离地球11光年的罗斯2b星球看桑克——这是距离地球最近的一颗可能支持生命的系外行星了——这是一个需要以审慎态度对待的地球人。他可能非常不同于其他地球人，从他的《留给外星人的信》看，他呈现出被全部地球人排斥的倾向。在这封信的结尾，他“再见，匆匆收笔”也许意味着他正在遭受某种迫害，面临生命危险，或者至少，有什么人在监视着他，严禁他与外星人取得联系。

……我想以你的才能和见识
你肯定明白一种生物在它的族群之中不能获得温暖和食物究竟是
一种什么滋味儿。你不是机器，我非常清楚。

当罗斯2b星球上的人看到这两行时，他们的心中荡漾起了一种奇妙的感动，不知道为何，这个人不像是地球上的人，倒像是他们的同类，虽然相隔甚远，彼此很多年（大概有46亿年吧）音讯不通，可他的心灵跟他们靠得很近。罗斯2b星球上的人想立刻来到此地拯救桑克，他不能获得足够的食物，还处在别人的监视中，他们在地球上唯一的朋友，桑克，他可能就快死了！不赶紧营救他就来不及了！可是，他在哪里呢？

当你看到此信，我不知道地球是否仍旧存在，
但我肯定早已不在这里，而在虚无之中或者虚空之中。

两行清泪荡漾在外星人脸上。倘若，倘若真的错过这亘古的相遇，他们的灵魂就永远孤独，永远飘零在宇宙当中。

“桑克，你在哪里？”

在距离哈尔滨7501公里的布拉格看桑克，——这是一位诗人，也许是男人，也许是女士，也许是中国人，也许是俄国人。从他的诗中，我们不仅经常看到贝加尔湖，彼得堡，古拉格这些地名，还可以看到圣伊维尔教堂、果戈里大街、江北修道院、索菲亚广场（对于不了解哈尔滨的人来说，他们会认为这些建筑和街道属于某个俄国城市）。但是这人仍然散发着某种中国味道，比如：

砍掉南山的竹子，砍掉北山的竹子，
都写不尽对上班的极端厌恶。
——《厌世》

毫无疑问，这是对中国的成语“罄竹难书”的一次另类书写。以及：

他们谈论杜甫，和我看见的杜甫非常不同。
不同在哪里，我并不想说，而且我也知道
杜甫本人也不会同意我对他的描述。任何人都无法描述
——《他们谈论杜甫……》

中国的诗人的确喜欢谈论杜甫，这是中国诗人的一个显著特点。当布拉格几乎相信桑克是一位中国诗人时，接下来的诗句又让他们疑窦丛生：

几乎读过德语小说的人都知道，卡夫卡在捷克首都布拉格
痛苦并且快乐地活过，但从文字之中几乎看不见他的任何快乐。
那么说，文字塑造的历史并不全面？我不太清楚
——《他们谈论杜甫》

在诗中，卡夫卡至少跟杜甫同样重要。布拉格于是怀疑，桑克是不是仅仅是结识了几

位中国诗人，参与了他们对杜甫的讨论，他的意见，是完全无法跟那些人互容的。同时，布拉格也高兴于桑克如此了解卡夫卡，那是一个捷克人也未必了解的卡夫卡，他们不了解卡夫卡一生当中的快乐。卡夫卡是快乐的，但是卡夫卡从来没有提过这件事。就在这首诗中，桑克提到了“关于桑克女士的传闻”，噢，也许是因为遥远的、永隔时空的眷恋，——你知道的，爱情有时候就是那么回事，它甚至跟你们是否真的遇到过无关，当它产生时，灵魂与灵魂水乳交融，彼此都将对方的秘密握在手里，而且谁也不会将它对其他人敞开——所以虽然我们不能确定桑克是否来自中国，却几乎可以相信她是一位女士。

卡夫卡的迷妹。

但是且慢！——我们发现了隐秘的密码。
在瓷器里，知道的人往往都是情报系统的人，
——《知道不知道》

瓷器是中国独有的伴手礼，所以，布拉格认为把桑克定义为一位中国女诗人是恰当的。

而在1456公里外的山东淄博看桑克。山东淄博，——也许是淄博吧。因为桑克的诗中说：

……如果你是一位出生在鲁国中西部的小说家，
你肯定只会写大团圆的庸俗小说，……
——《五十周岁纪念》

那么谁是这样的，出生在鲁国中西部，只会写大团圆的庸俗小说的小说家呢？可能是西周生，反正不是兰陵笑笑生。很多人说《醒世姻缘传》是蒲松龄写的，所以我们现在就站在明末的淄博，——当然也有可能在别处，因为西周生也许是丁耀亢或者是谁。

柳泉村里的人看桑克，首先感觉到了折磨。

……但是真正的
小生活从来就不庸俗，而是深刻如深渊，复杂如迷宫，
如宇宙陨石之中的旅行，听不见任何或明或暗的声音，
只有无边无际的折磨与寂静。……
——《五十周岁纪念》

生活竟然是这个样子的吗？有那么一些年，我们多想以浪漫取代这一切啊！蒲松龄坐在那里，坐在那棵他习惯的大树下，既没有美丽的女鬼也没有床下藏着的一缸金子，他为桑克在他眼前揭穿的生活的真相而瑟瑟发抖。

他们的好日子总是浸泡在糟糕的回忆菜汤里
或者明天这个似乎什么都能装的红色塑料桶里。
——《精神麻痹》

……我只是一条对悲伤
已经有了那么一点儿免疫力的金鱼。
我不会死的，虽然它等在某一个阴暗的角落里，
——《关于死之辟谣》

现在在距离桑克0米的地方看桑克。或者，–0.2米，我们穿透了他，我们住进了他的内部。

他属羊。现在可以称他为老年人。他毕业于北京师范大学。他居住在哈尔滨。他在黑龙江的一家媒体工作了很多年，可能有一生那么长。他的头发略有卷曲。他的肤色黝黑。他身材高大。他的唇厚，从不轻启。他面容平静而神色恍惚。他是那个为外星人找了一千年的同类。他是那个让整个欧洲感到疑惑的身世不明的诗人。他是打击了整个古代的幻想，提醒人们不要做梦的人。你看清楚他了吗？他就在这里。复杂。清澈。深厚。双唇紧闭，内心叨咕不停。左手和右手作战。平静地呆在房间内，跟整个世界的敌人对峙。

不不不，这是1米以外的桑克。

我们听见自己作为桑克的整体向外发出声音说：

……或许还存在着
如何坚持单纯生活的超弦难题。
恰如你对自己的厌恶以及厌倦，
水蒸气吱吱叫着，凉风在烦恼的夏天之中
——《与沉默的友谊》

由于发生了这件事，让我感到不枉此生

今天我读了马铃薯兄弟的一首诗《我不怕你们嘲笑这种农民意识》：

那阵，我家整日谈论一只鸡
我们四处打听呼唤
它的特征因复述而发亮

黑脑袋
白足爪
我们天天谈论
直到嘴唇枯干

已是多日以后
我推开早晨的院门
那一刻，我不能相信眼睛——

一只母鸡从麦地迈出白足
身后紧随十个鸡雏
高高兴兴向我家门
它们各式各样
漂亮无法形容

像招待一个老亲戚
我的母亲赶紧
去抓粮食

如果这一切是真的，——看上去这件事就应该是真的，这是一个为造假的人想象不出的领域。有人假装自己拥有上亿财富，有人把自己整形成美人儿，但是从来不曾有人，假装家里的母鸡偷偷生了十只小鸡，——那么我真心羡慕诗中的主人公，那一家人，因为他们经历了若干天的焦虑，喜出望外地等到了一个他们从未幻想过的、离奇的、完满的结局。

我们在这个世界上生活，很少拿到馈赠。我们竭尽全力，让故事倾向于我们愿意的结局。“我已经尽力了！老天，这一天天的！但愿这次收工以后，我拿到的钱能换鸽子笼里的一小片瓦。天哪，有了这一片瓦，我就离梦想更近一步了！”然而收工以后，我们发现所拿到的钱只能换一片鸽子的羽毛。但是那又有什么关系呢？我们可以积攒起更多鸽子的羽毛，这样就可以造两只人工翅膀，将来的某一天，这两只翅膀有可能带我们飞天呢！

我们很少见到，一个人竭尽全力以后，他拿到了一只鸽子笼，让他能够栖息在里面。倘若这种事情发生了，我们就说：“隔壁那个大傻猴子竟然中了彩票！你知道吗，一千多万呢，能在北京买一套房了！”

但是在20世纪90年代的一天，马铃薯兄弟家的鸡离家出走了！这让全家人焦虑。他们四处打听。很多天过去，这只鸡回来的可能性几乎没有了。我的天哪！它一定已经死了！我们经历过很多次这样的事不是吗？我们大家，每天翘首盼望着失踪人口突然出现，有时是马航飞机上的中国人，有时是章莹颖，有时是发完夜跑的朋友圈立刻失联的女孩儿……每次我们都无一例外地等来了噩耗。我的天哪！马铃薯兄弟家的鸡丢了！它只是一只鸡啊！它不会说话，无法发朋友圈，也无法发出像样的求救声。别说是一个成年的、有犯罪前科的、孔武有力的大人了，就算是一个孩子，也能用一只手把它拎起来！这个茫茫的世界对它来说太危险了！何况还有可能存在黄鼠狼！狼！狗！老鼠！猫！这些人类的帮凶或者叛徒！

我的鸡啊！

在我们内心里已经为它开过很多次追悼会了。我们默默地想象：

此刻有谁在世上的某处吃鸡
无缘无故地吃鸡
吃我的鸡

谁能想象它竟然活着并且回来了呢？谁能想象它不仅回来了，而且带回来了十个孩子，令我们一下子多了10只鸡，令我们一下子变成了拥有至少11只鸡的家庭呢？

虽然这件事在马铃薯兄弟的一生中只发生了一次，虽然我只是一个很多年以后听说过它的人，可是这件事的发生，让整个世界都为之欢呼了。我在羡慕马铃薯兄弟的同时，我也确信：这个世界会好的。

我那么陌生，犹如一个错别字

胡桑跟这世界的关系，一开始并不融洽。作为浙江德清县新市镇的一个貌不出众的少年，作为建伟和丽丽的邻居，作为张玉的小学同学，作为沈美玉教出来的学生，他太过木讷了。他十岁的时候还不能完整地讲述一个故事。他的世界由各种词汇构成。我们可以想象，当别的少年兴致勃勃地对别人讲述“昨晚上的雪堆到房子边上快要比我还高了！爸爸说从来没见过这么大的雪，往年这样的雪只有北方才有”的时候，德清少年胡桑的脑袋里只有一个字：“雪”。

安静的雪。白色的雪。精准的雪。漫天盖地的雪。形而上的雪。占据了整个视界和头脑的雪。

而这催生了一个诗人。与从情节入手了解这个世界不同，胡桑是从词汇进入的。词汇与现实的联系给了他启蒙。他最初的想象和焦虑皆来自那些飘散在空中的词汇之幻象，从陆游的“小楼一夜听春雨，深巷明朝卖杏花”到虞集的“杏花春雨江南”，“江南”终因与“杏花”和“春雨”团聚而完成了想象，而若干年以后，站在上海大学的杏花丛中，关于“杏花”的多年幻象如杏花雨一般降落在他的头上，令他感受到一种涅槃。

叙事是线性的、伸展的、具体的、现世的，而那些飘零在世界上的词汇则是广袤的、安静的、纯真的和无我的。逐渐地，从这些词汇的幻象逐一落实当中获取了安全感的胡桑，感到自己真实地生活在这世界上了，他走向了必然道路：修辞。当尚未学会讲故事、因此而不会说谎的少年胡桑混迹在那些早春少年当中，用一张简易的渔网在沟渠和水田里捕鱼时，当他的手抓住了一条鲳鱼时，他从它的雪白修长、灵巧轻盈当中认识“鱼”：鱼是孱弱的，它细小、具体，易于控制，此刻的他对这条鱼的占有令他胸内充盈着比安全感还要令人垂泪的感受，即欲望的被惊醒和满足。于是少年胡桑成长为诗人胡桑——

神秘的秩序完整起来。
——《反讽街》

词汇经由修辞，唤醒了一个带着温度和情感的世界，诗人胡桑终于可以兴致勃勃地踏入了。于是他长大。于是他把感官膨胀到整个江南。于是他北上，扩展词汇的地图。他在西安读完了大学，曾在北京短暂游历。他最终在上海完成了最艰难的哲学系的教育——他在哲学系的功课，简而言之仍然是对词汇的探险。那些词汇有的就像是马里亚纳海沟或者是普若岗日冰川这样的地方，为人所知但是罕有人至——他还曾经在阴冷的德国待过一年，为了离哲学更近一点。在那里他开始接近和解释辛波斯卡。“诗歌不过是一个迅速消失的笑声。”好呀，词汇开始瓦解和消失了。

胡桑给我寄他这本散文集的时候，在扉页写道：“我们都在异乡那边。”我绝不会傻乎乎地理解成：他在说他是一个生活在上海的湖州人而我是一个生活在北京的山东人。“异乡”在胡桑的诗中，是一个高频词，他曾经写道：

随着甜蜜的空气而来，一名思乡的奴隶
成为内在的异乡人，犹如减刑后的囚徒
——《反讽街》

他还写道：

尚未破碎时，完整是一张色情的脸。
故乡在雾中迷失了自己，永远是异乡。
——《褶皱书》

世界是他的异乡，包括湖州。将这句题词跟他的书名结合起来看，《在孟溪那边》，那么在孟溪那边仍然是在异乡那边。我将他把我和他归为一类、归为“在异乡那边”的人看作是一种赞扬，一种将我引揽为知音的令人感动的热诚。这句话蕴含的批判性在他的另一句诗中：“这个世界充满熟透的幻觉。”（《占雪师》）

我们可以从《在孟溪那边》这本散文集当中找到对于胡桑的几句诗最细腻落实的注脚。这本书无疑是一本思乡之书。这本书抚摩着孟溪的一草一木、一花一树，从业已弥散、不时复现的独家记忆中衔出一点热乎乎的、散发着不可言说的气息的材料，拼成一个作为故乡的孟溪。诗人胡桑并不生活在那里。没有人生活在那里。也就是说：没有人生活在故乡。故乡只在记忆当中。我们唯恐失落了故乡乃是因为这一切事物，这一切构成往事的事物都在消散当中。“记忆一直存在着被修改的危险”，所以，不写下这些就来不及了，所以，快！快！

初中的同桌张秋红住在河东村。

在五航镇郊外的一家小饭馆，他曾经点了一盘青椒肉丝当作午饭。

高考结束后的那个夏天，他在晚村的邮局给喜欢的女人寄出了一封信。

建锋、新华是湾里的。……

这些事实正如世界上存在的最广泛的事实一样，尽管有着“汉语学习1000句”的面孔，却仍然是最确定、最可靠、最不可变易、最被人接受的事实。这些事实构成了往事、故乡和人生。它们熟透了！

我们如今确切无疑地接受它们是一场幻觉。所有广泛的事实，任何一件，都不比以上的这几件高明。生活在“故乡”的人无疑是生活在幻觉中。因此当被宣告从此可以作为异乡人时，仿佛获得了在丛林般的幻象当中免于迷失的豁免权。也许永存的是一种腻滑、湿润、活泼的事物，“如同女人的身体——普鲁斯特说芳香得可以咬一口”——这种事物叫作木耳，孟溪人称之为“桑树菌”。这种事物比其他事物更高明一些在于它“腻滑、湿润、活泼”，能够跟人类永恒的经验联系在一起。这是没有故乡的事物。这是将要永存的形容词，它们在感官中的跃出构成了人类通史。

“我坐在建伟家的八仙桌旁，望见了窗外的雪，夜幕降临，雪更加沉寂，我感觉到人的脆弱和孤独。”我们获取人类通感的经验全部是经由一些特殊的时刻，例如胡桑坐在建伟家的八仙桌旁，而恰好外面在下雪的那个时刻。正是这样时刻的堆积，这样地了解了比词汇、比实像更隐微的一些秘密，胡桑获得了他人生中最初的重要情感：恐惧。敏感和充满思虑的诗人跟这个世界的关系，往往从恐惧开始。这种恐惧，甚至与危险无关。他拒绝与成年人交谈，热爱沉默而亲切的事物：桑树地、运河、道路、村庄、星辰。

而写作，书写“桑树地、运河、道路、村庄、星辰”的写作，为了“悼念一个世界的逝去”的写作，围绕所谓“故乡”的地理学、天文学和植物学的写作，业已完成却意犹未尽的写作，是否能够达成救赎之路呢？我只知道对它的阅读是甜美的。有助于我们进入真的、深沉、幽黑的梦境。有助于我们梦的安静，像回到万物本源般地睡去。因为尽管世界已经熟透，经由胡桑的书写，我们自己却陌生起来，“犹如一个错别字”（他的诗中是这样写的），躺在世界的书页间，等待被发现和挑出，然后忽略，这是一件多么惊奇的事。

赵先生就要死了

赵先生
严彬

赵先生就要死了
他躺在床上
平静地回忆了一段旧时光
昏迷中那不存在的恋情
让他暂时活了下来
现在他已经坐在轮椅上
由他的小儿子推着
阳光照在他身上
情人盘着头发来看他

“你还好吗？”
“如果昨天晚上我们那个了
你会开心吗？”

妻子和情人在亭子里商量他的后事
赵先生在外面晒太阳
他的小儿子在旁边转圈
赵先生的脸就这样被黑布慢慢盖上了

在这个世界上的普通人已经够坏的了，而文人分为两种，一种沿着普通人的路径尽可能发挥得更好，同时还要立一个假的塑像，给所有人看。另一种就是温柔地退让，一直退让，后来他们发现生活在这个世界上无可退让，只要往后让一步，哪怕是再小的一步，让出来的地方又有多么不重要，都会立刻被汹涌的洪水填满，于是在这个世界上他仍然是没有立锥之地。“那么我还是死掉吧！”怀着温柔的歉意，对自己多占用的空间、消耗的他人的情感和阻挡住的洪水感到抱歉，似乎只有自己死掉了，才能够真正对得起一切。严彬之所以在他的诗中大谈特谈死，到处充满了恨不得立刻就去死的情愫，在我看来这就是全部的原因。

在他的幻想中，赵先生替他死过一次。

这首诗的关键在于：并没有赵先生这个人。他的身上没有任何活人的属性。他不占有他的妻子和情人。他不养育和教导他的儿子。他不会站起来踩死蝼蚁，或者阻挠那穿过他身体的风声。阳光照在他的身上是要证明阳光的存在，而不是他的存在。情人过来看他，不如说是来看他的妻子。那么赵先生在哪里存在呢？他在他自己的梦境中存在。他在不存在的恋情中存在。他在孩童无思无虑的嬉戏中作为背景存在。在外面晒太阳的赵先生根本就没有力量投下阴影。在那里是一片赤白的、火炽的光明。在亭子里商量着的妻子和情人，也是在商量着一个没有赵先生的世界上，将要发生的事情。哈！哈！

赵先生就要死了。每当想起来自己的替身正在死去，那种为世人腾退空间的、默默无言的善意是多么令人愉快啊。为了获得愉快，严彬可以在一天之内想800遍：赵先生就要死了。

赵先生的死，结束一切。结束那种被一切人认为是争抢空间的一分子，实际上却绝无此意的尴尬。结束就算压根儿懒得说，有时候也不得不提上两句，以便让个别人知道自己是一个怎样的人的尴尬。

我是怎样的人

严彬

我在想我长着一张什么样的脸
这张脸在镜子中还是在手上
在你的眼睛里或被你亲吻吗
现在我在沙上走，在泥里走
在月球背面般的夜里走
我的脸上哀愁和恐惧像灰色在黑色上
流出来。没有人看见。没有人看见
这不甘寂寞的人将爱过的手一夜之间
全部叫醒。就在我和你说起这些的一瞬间
你知道吗？我忘掉了它

看到这首诗你就会明白，就是我说的这样，我说得难道有什么错吗？我们知道严彬，我们读他的诗之前就猜到了他写这样的诗。而且，只有能透过他，看到他身后的阳光，看到他小心翼翼不留下影子的人，才配成为他的朋友。假如我们不得不把我们对严彬说的话，和严彬对我们说的话，——那些话都是用透明的语言说出来的，除了风没有人听见，——翻译成为世人皆懂的语言，我们就会说：

严彬，他是个好人。

他坐在自己厨房里哭
（想想父亲就这样死了）
这个好人抓着自己的脑袋
（想想妹妹就这样死了）
——《父与子》

这个好人，好人严彬，害怕自己的影子会杀死一只知更鸟的好人，我们从他的《父与子》这首诗中得知，他的父亲就像是九头鸟的头一样，砍下这一个，很快就会有另一个头长出来。他的妹妹想必也是如此吧。他自己想必也是如此吧。死亡无甚可惧怕，我们每天都死一次，而且我们所度过的每一天，都充满了将死或者已死的伤心。

……日复一日
作为一个成年人他得到了赞扬
……终于忘掉那些伤心事
并且有了新爸爸
——《父与子》

我之所以写这篇文章出来，之所以要把严彬的事反复讨论，这是因为，跟死有关的意象在严彬的诗中过于密集了，而我必须要澄清：严彬活得好好的。他不仅活得好好的，而且将长命百岁，健康无恙。死，——那不过是一种修辞。代表一种退让。一种红红着脸的谦逊。一种对在梦境中展开爱情的向往。一种让自己流泪的理由。一种情愿每时每刻心碎，而不愿意让破碎的心完整起来，并且把这颗心的残骸用力往外掏，一边掏一边像贾宝玉一样说着：糟了，我没有心了，我要死了。然后哭着从梦中醒来。所谓的“死”，不过是以上这些意义的总和。

现在来更进一步靠近那个主题，谈谈那个严彬身边的死人——太宰治吧。

太宰治，和我
严彬

我曾经四次想到过死
今天新年
有人送我一件和服
质地是亚麻的
大概是夏天穿的吧
那我还是活到夏天好了

娜拉也在思考：
我没有做出荒唐事
回家时看到妻子笑脸相迎

还有什么好说的？他每天都跟着太宰治死四次，跟着随时可以重新生长出来的爸爸死一次，跟着赵先生度过弥留之际，跟着陀思妥耶夫斯基、所罗门和恶棍毕加索体验死后的日子。

丹尼尔·卡拉布雷斯诗选

赵振江 译

奇观

这是一天的日程
将巨石搬动。
它很重，
胜过一头耕牛
一条盛满水的口袋。
一眼史前的空洞，
一面漆黑的明镜
简直要将世界吞入腹中。

这是一天的劳动
将巨石举过头顶
轻轻放在路中
让自行车队停止骑行，
让背景音乐停止发声，
让二号公路瘫痪
当红色动脉发出指令。

当一切都已停滞
那巨石阻止它们前行，
当卓越善良的前辈停止了传承，
自然与表象之间的爱
不再延续，
于是，要做的事情
就是再将这块巨石搬动，
再将它举过头顶，用疲惫不堪的眼睛，
将它葬在此地，葬入虚无，
葬进封存冷漠的湖里，
床铺在那里吱呀作响，电视在那里闪光，

马达在那里轰响，
葡萄酒滴入阳光、记忆和悲哀的对话
在腐烂并沉没，和那巨石一起
跌入彻底的灭亡。

溺水者

我声明，我溺死的地方
不是在河里而是在陆地上。

我记忆中那唯一的河流
是一种激荡
细小的东西在那里沉没
尽管不会消亡。

有时，他们的沉没
在河水流过之前。

但他们求救的声音
传来，总是
为时已晚。

航程

她了解船只的底细，
雨声令我窒息。

她遇到神秘、青铜钥匙，
寂静、话语，
因为潮湿的城市犹如行李箱
而她了解船只的底细。

我总是将宝物寻觅
关照风带来
木材的味道和信息。
我不知为何
自己充满血的身体
是酒杯或转动的舵。

她了解船只的底细，
雨声令我窒息。

然而她属于运动的世界。
对钟表、海洋和列车毫不恐惧。
如果锁链是铁的音乐
太阳便是一枚钱币
因为潮湿的城市会解体
而她了解船只的底细。

我是钻化物和灰烬，
一个在陆地上遇难的行者
并缓慢地在大道上沉没。
当月亮浮动在河里
我用一块石头
使它的白沙在整个水面漂溢。

她了解船只的底细，
雨声令我窒息。

对现实要小心

这是一道真实的风景。
如同在水下发生，
响动，你的声音，途中
那些满载重负的卡车，
红绿灯的呼吸，

缠紧黑夜的常春藤，
广场上其他圆形的街灯，
浓密的光晕使万物像涂了圣油，
而一根根立柱，在潮湿的天空
每一个脚步都在那里轰鸣。

这是多么真实的地方
一切都表现得
像双倍的存在。

没有空隙，
过多的物质令人无法呼吸
于是，任何人，
在这些枝条破碎的光影下，
在这城市沼泽燥热的底部，
我说，任何人都会变成一条鱼。

这是一道太过真实的风景，
尽管一层玻璃
将我们和日常的摩擦隔开，
尽管我们坐在世界面前，
但它随时会
由于光线的熄灭而土崩瓦解。

至远点

她或许会将罗马创建。
或许在双腿间创建尼尼微
在美索不达米亚平原。

她和日食
后者会随时
使她的脊背变得黑暗。

她和遥远的天蝎座
后者在太平洋闪烁。

她的挽歌是一个古老的梦
那里的鸟类飞越了战争。

他是岩石的承诺
并带来无声天空的低声诉说。

在她的灯光下，我们
能祈求荣耀或风暴。

不是向她
我再也见不到她
我再也见不到她
和她恢复的欢笑
再也见不到。

写在砖上

我们写了什么，能改变一切？

我们将颠簸的航船
置于大洋上，
光线是水，
而那岩石和金属是太阳。
在那艘船上，船长
畅饮时光寂静的泡沫
或许每晚都有迟来的梦想。

我们说过，在码头
被盐分侵蚀的痕迹里
有美人鱼在隐藏，
我们思考着寒冷，

在被吊车扯碎的月亮上。
我们能创造墙壁上潮湿的幽灵？
的确。
今年的苍天
对盲人和流浪者撒野
可我们写了什么，能改变这一切？

罗伯特·哈斯诗选

远洋 译

违犯与祈祷

1.开端的恐怖

天堂的习性是什么？它喜欢光，喜欢几棵松树
在夏天被侵蚀的岩石上。

你分不清在天上岩石和空气
是在开端还是结束。

假如你是我你会做什么？她说。

假如我是你——你，或假如我是你——我？

假如你是我——我。

假如我是你——你，他说，你正在做什么
我会完全照做。

——它的本质是花岗岩上的阳光。
松树在朝阳里抛掷着阴影。

松树间的风，像挂在后视镜上的
十字架
停车时微弱地摆动。

2.帕尔默书写法

答案是
水的声音，什么

什么，什么，洒水车
说，问题是

镜子重新镶银的问题
还是粉碎它

一劳永逸
中国茶——

城镇走出悲剧电影
完整无缺，还是——千疮百孔

如可能的那样——带着缺憾
只是不太彰显

（他们解雇了那重写的男人）
冬天总是一掠

而过，下雨了。
雨在

毛毛雨
和瓢泼大雨之间波动，它是

一支幻想曲，无法安慰。
但为着

残酷剥削
几个世纪的恩典，

我们说，听着
来自运畜拖车的

谣言，或许是奇想
答案在

几个楼层平面图的
半径范围内

欲望总是不断地发展、
毁灭

生产农产品的男子朝
李子和苹果梨喷雾

那卤素的色彩
泥潭里的路灯。

他们跋涉，小心翼翼
而又一直急速。

她在他身边哭泣
深夜里。

3.天堂的习性

也许假如我铺床，
会有所帮助。谦虚勤勉
会彰显，激起光辉吗？
（外面山杨在风中闪烁。）

假如我看见那移动黑暗的圆滑打击
是一只鹰，在高处，筑巢
在山坡里，而且假如
仅此一次，我不想做那只鹰，
会有所帮助吗？热心的标志，
夏日已花费的硬币，那时风
将会向我献殷勤吗？而且那会有所帮助吗？

拿碗的女人在你面前
低头鞠躬，弓身到地。
她真正在想什么，没关系。

慈悲是外表的，受难的是草地。
她不是首要念头，不紧急。

男人由烈性饮料制成，男人
由雪松酒制成。

两类鸟正在棉杨树里享受盛宴。
她撒小米，为那些悲伤的。
她洒眼泪，为那些渴望靠近南方的
当那些离去的开始归来时。

刮风之后

我朋友姐姐的第三个丈夫的女儿——
这差不多是一行诗句长度的极限了——

业力的碎屑？一张野外人类学者的亲属关系图？
在伯克利大街上只由我启航。一个复杂
数学系统的学生，一个漂亮女孩，
淡褐色头发。我可能曾给她换过尿布。
而那小小的皱眉或许是她双亲的生活。
欲望使我们空虚，使我们空虚，
杀死我们，杀死我们，激发我们
激发我们。从外面看来总是可笑：
英国那个抱怨性的姿势荒谬的
智者未尝被上帝或女神打倒，
人们给他们的大理石打谷场奉上葡萄
供品，或橄榄枝和花朵，或挂满
新的果实的树枝，或沉甸甸的麦穗捆，
正如对任何其他神秘事物或权力一样。
夏夜，我的朋友坐在后面的梯级上，
受她的困境烦扰，抽着长长的烟卷，
这当儿蝙蝠在黑暗中转向，一个邻居
用钢丝刷清理烤架的刮擦声
棘齿般持续地穿过后院围墙。
“他是我能想象到的最好的男人，”她说过，
“而我觉得好像奄奄一息。”当时她可能
三十五六。星期六早晨跳蚤市场，星期天
家庭聚餐，一个家庭足够大以至于总是
有生日，不是来自旧金山一个老街坊的
未婚姑姑，就是姐夫，或某个一本正经的
在沙发上静静地研究新玩具的孩子。
没有住过的地方，是痛苦的，或像铮亮的树叶
在旋风里。也许观察那喘息和呻吟的喜剧
你会部分崩溃，并不提出
异议。尽管她笑她自己。一个色情的
依恋，一整个冬天对着某个
电视剧演员的嘴——她已打开电视——
以一种病态的渴望看他一分钟——
摇她的头——关掉电视——回到她那年的课题
凡·高的书信翻译——
或者做一些熨烫——那似乎总能使她平静——

那甜美的熨斗有蒸汽和亚麻布的气味。“向上帝保证，”
她会说，一种老阿姨可能曾使用的表达方式，
“看在皮特份上，”她会说，“你振作点儿。”
空心长笛，或者没打的铃铛，放出一种闪烁的
非声，波浪追逐波浪，朝昏迷的非开始的死者
聚集于非正午的生者怀抱里的
地方：生者或悲伤，或对其发火
并为那总是被请求的，总是未被照顾的死者悲伤
在多层购物中心，或在他们聚集的草地
缺席。一个男人想要一个女人那样。一个人一个人。
四肢趴地，贪婪而卑贱。而随后——
“爱人们，你们记得基多城里市场的
擦鞋童吗？豁巴牙，网球鞋带也不系。
他们微笑着接近你。他们的双手满是疙瘩，
他们没有规则，而且他们会偷任何东西，
要是你是他们你也会。”那古老首都总是
刚被洗劫，庙宇门帘烧毁，农民们
在废墟里用小火烤皇家天鹅
用拆自靠着一堵破墙的估税员的帝国椅子的棍棒
仔细摆弄。已被借走的：圣徒的遗体
穿着紫色的布袋，准备在复活节时脱掉。
对玛格德琳来说，当然，复活并不意味着
她会再次得到他。在另一层面讲，这意味着她会失去他。
她爱的是那声音，那身体，而不是那个
她曾被告知的神，上升到他的天堂，
那儿要在大地上传播温柔和怜悯。

时与物

1

去制作图层，
仿佛它们曾是稳定的岁月：

下雪了；我在桌上干活；
窗外白雪一阵紧似一阵；我的舌头
品尝信封上的胶水。

这天阳光在红砖上，光秃的树木，
在冰冷的空气里没什么搅动。

这天模糊不清的色彩移动在健身房
身体散发的热气碰上
湿润而冰冷的玻璃表面。

做爱，做咖喱，打电话
给朋友，那人兄弟死了
在哭泣，而且换位思考着，
像有人跌倒再爬起来
再跑，再跌倒再爬起来。

2

这首诗的目的不是毁灭

是不毁灭

这首诗的目的是报告一起盗窃案，
在万事万物的进展中
换言之并非这些话
和它们在纸上的排列。

这首诗的目的是报告一起盗窃案，
在存在的一切的进展中
换言之并非 这些 话
和它们在 纸上的 排 列。

他的诗的目的是报一起盗窃案

存 的 一 的 展
换 之 非 些 话
和它们 在 纸 的 排 。

3

去刻画，去损伤，去丑化，去鞭打，
去涂抹，去玷污，去凿刨，去刮擦。

“行动绘画”，也就是，
画者得以如时间般举止。

4

“绘画”会是“痛着”的排印错误

（擦掉。）

5

或提供时间并站在外面
它那地平线的涌动，一会儿
站在外面，感觉到
它那绿色的涌动。

6

那么，非凡的直立姿势喽，那模样，好像愤怒
抑或欲望能将生命撕裂开来，

非凡的彩色伤口。